Titel: ich—

Zement.

Material: Papier.

Inhalt: Satire.

Autor: Volkov, Semjon.

Status: abgelehnt.

Verlag: tredition GmbH, Hamburg

ISBN: 978-3-7345-3101-9 (Paperback)
       978-3-7345-3102-6 (Hardcover)
       978-3-7345-3103-3 (e-Book)

Printed in Germany

Fitz

☛ Die Zwölf!
Wieder die Zwölf. Immer die Zwölf.
Ich hasse die Zwölf!
Gottgütiger! Ab an die Zwölf!
Die Zwölf ist ein Alptraum.
Zur Zwölf kommt nur Gesindel.
Die Zwölf bin ich.
Ich krieg immer das Pack mit den verschlampten Asylanträgen. Ich darf dem Gesindel die Aufenthaltsbescheinigungen ausstellen... ich...
Und wieder das Signal - die Zwölf freischalten, damit die Ampel auf der Schalttafel leuchtet.
La-Le-Lu... hab keine Ruh... Die Ampel schaltet auf grün und piept. Und her, den nächsten Knacken aservieren.
Seit Wochen kommt kein Mensch mehr auf die Zwölf, der meine Sprache spricht - kein Mensch mit gültigen Dokumenten - kein Mensch, der weis, was er bei mir überhaupt soll...
Wir, hier unten sind alle Sachbearbeiter. Hier unten, wo die Arbeit mehr und mehr zur Zumutung wird.
Stempel draufhauen, Stempel weg, Unterschrift.
So war das früher.
Aber jetzt! Es wird immer schlimmer!
Die Menschenmassen, der Andrang vor der Stadtverwaltung nimmt kein Ende. Die treten sich bald tot.
Ein Wahnsinn ist das. Wahnsinn!
Noch vor drei Jahren, als ich hier anfing, war das anders. Da waren es noch Persos, Beglaubigungen und Wohnortwechsel. Damit ist's jetzt vorbei - vorbei mit

dem gemütlichem Arbeiten! Und wehe du machst fünf Minuten länger Pause! Wehe du hast keinen Kunden und schaltest nicht frei!

Mittlerweile sind's zehn Stunden, die wir jeden Tag abreißen. Da wächst man mit dem Hintern noch fest auf diesem Sitz.

La-Le-Lu… hab keine Ruh…

Mach den Wahnsinn hier mal zwanzig Jahre und du kriegst das Sitzfleisch auch mit Tennis nicht mehr weg.

Wenn's so weitergeht seh' ich bald aus wie die Sechs, der Kalb. Auch so ein Arschloch! Hat durchgedrückt, dass wir am Arbeitsplatz keinen Kaffee mehr saufen dürfen. Dem würde ich gern eine kleben!

Wir, hier unten, die Sachbearbeiter hocken alle in einer Art Dreieck, einem Verkehrsdreieck. Geben uns Zeichen für Klammern, Schere, Klebstoff, Papier.

Mir schräg gegenüber, an der Zehn, sitzt Knoff, der alte Spießer mit seiner Musterkrawatte, unser Zahlengenie. Der schaltet kaum noch frei, hat schon die zweite Abmahnung deswegen. Der hat die Ruhe weg. Kein lautes Wort, und wenn ihm irgendein Balg das Familienbild abfingert und den Schreibtisch abräumt, da guckt er nur zur Decke.

Die Elf, der Lockenkopf genau neben mir, das ist die Specht - Lady Specht, die alte Lesbe. Wenn's der zuviel wird, geht sie weg, eine qualmen. Und wenn draußen im Gang zweihundert Kanaken warten. Abmahnungen? Die sind der Jacke wie Hose.

Aber der Knoff und die Specht sind die beiden einzigen in der Abteilung mit denen man auch privat einen draufmachen kann.

Ab und zu gehen wir einen saufen. Aber die Woche über? Zurück an den Schreibtisch: Pack abfertigen!

6

Wir starren in unsre Computer und das Pack kotzt sich vor uns aus. Wir sagen: Wir wollen Ihnen helfen. Dazu sind wir da. Aber uns, hier unten im Erdgeschoss, trifft nur der Zorn des Pöbels. Wir, das Fußvolk der Rathausverwaltung sind die Dummen, an denen alle ihren Zorn auslassen - jede Oma, jeder Kanake, jeder Asoziale und Trottel. Und alles auf uns.

Ein Hundeleben! - Aber frisst ein Hund Papier?

Hat Mamas Fitzi denn sowas verdient?

La-Le-Lu... ihr scheißt mich zu...

Es ist so sinnnnnnnn-los. Sinnloser Wahnsinn!

Wir, hier unten sitzen auf unsren Abteilungsstühlen, jeder an seinem Tisch.

Einundzwanzig Tische mit aufgestellten Zwischenwänden. Einundzwanzig Tische für zwanzig Nasen. Einundzwanzig Signallichter für die Schlange, die draußen im Vorraum Nummern zieht.

Manchmal hab' ich ganze Familienverbände am Tisch. Afrika, Persien, Palästina... - der Alte, die Alte mit Kopftuch, wieder schwanger... und immer drei bis vier Bälger dabei. Und der Kinderwagen! - Da ist gar kein Platz auf den beiden Stühlen.

Und dieser Krach!

Und wieder keine gültigen Dokumente!

Aber erklär' mal jemandem, dass er ohne gültige Dokumente keinen Sozialgutschein fürs Fressen kriegt!

Sag' das Ibrahim, erklär's N'gugi!

Wimmle mal jemanden ab, der Hunger hat!

Wird Zeit, dass es zwölf wird.

Verdammt! Die Zwölf ist mein Schicksal.

Den ganzen Tag sind die Decklichter an, sogar wenn's draußen hell ist. Die Fensterreihe ist nicht weit, aber selbst wenn man aufsteht und raussieht, sieht man nur

7

graue Häuser. Nix Grünes. Die ganze Innenstadt ist scheußlich. Und direkt vor 'm Fenster hat man diesen dreckigen Teich, auf dem ein paar dumme Enten schwimmen, die eh bald wieder verrecken.

Der einzige Lichtblick in der Abteilung ist die neue Referentin. Kam vorhin mit einer Mappe vorbei gewackelt. Steil!

Was für ein Teufelchen, die Alte. Wäre doch genau das richtige für Mamas Fitzi.

Kam vorbei gewackelt, und unser Knoff, der alte Spießer, grinst mich schon an. Ich kenn' das Grinsen.

War zweimal verheiratet, ist zweimal baden gegangen.

Jetzt hat er's wohl aufgegeben.

Die Specht fasst mich bei der Schulter.

Wir müssen mal reden, meint sie. Sieht aus als bekäme sie gleich wieder 'n Koller. Hat garantiert auch ein Auge auf die Neue geworfen… die und die Hinzenburg vom Standesamt…

Ich zeig der Specht die Armbanduhr.

Bald zwölf.

Dann geht's zum Mittagsmampf.

Hey, wie heißt eigentlich die Neue? frag' ich.

Amberger, flüstert die Specht. Ihr Tisch sieht wieder aus, als wär 'ne Bombe eingeschlagen. Auf ihren Knien hat sie 'ne Illustrierte. Jetzt drück' ich aber selbst das letzte mal den Knopf vor der Pause.

Also, wieder Lichtsignal für die Zwölf - dasitzen und den Zorn der Unzufriedenen ertragen.

La-Le-Lu… ich schlag' noch zu…

Gottgütiger! Die Zwölf!

Ist nicht bald Zwölf?

Die Zwölf wird noch mein Untergang!

Knoff

Morgens früh um sechse... Morgens, früh um sieben... Morgens früh um...
Ah, endlich Kaffee!
Morgens früh um... Nicht hochsehen! Wer hochsieht zur Ampel ist dran, muss den Knopf drücken!
Endlich Mittagspause!
Aufstehenstreckengähnen.
Faulheit darf nicht zu sehr auffallen.
Das ist die erste Regel: Geschäftigkeit. Tu, als würdest du tun. So überdauerst du, und, das Wichtigste: Nimmst keinen Schaden.
Die zweite Regel ist komplizierter, ein heimtückisches Biest mit einem langen Schwanz.
Und darauf steht: „Es ist vergeblich der administrativen Langeweile zu entrinnen, der Macht der Akten und Dateien. Punkt."
Es gibt hier nichts zu gewinnen, nichts zu holen, nichts zu verbessern. Wir fragen nicht: Wer hat sich hier was verdient? Wir tun, was uns aufgetragen wird. Sonst nichts.
Mit anderen Worten: man muss die Hoffnungslosigkeit unserer Arbeit erkennen und, das Wichtigste: Sie akzeptieren. Abstempeln - abstempeln - abstempeln. Und alle sind zufrieden. Korrekt - nicht korrekt? Sieht es korrekt aus ist es korrekt. Wir haben Regeln, wir wenden sie an. Wir haben verfügt, und Ende!
Das ist die dritte Regel. Nicht denken. Das Getriebe der Staatsmaschine wünscht keine denkenden Köpfe und

9

keinen Ehrgeiz, sondern die Exaktheit seiner Mitarbeiter, es wünscht nur Ausführung.

Morgens früh um…

Damals, als ich meinen Beamten in der Tasche hatte, glaubte ich noch daran, genau wie ein Kind, dass man Papier zerreißen könnte.

Ich glaubte tatsächlich noch, ich könnte ein Blatt Papier zwischen die Finger nehmen und es wäre nur etwas Druck nötig, glaubte, das Papier hätte seinen Zerreißpunkt und wäre zerstörbar, genau wie Stein oder Stahl.

Aber das ist ein Irrtum!

Und erst erst später, nachdem ich jahrelang Tonnen von bedrucktem Papier in den Reißwolf gestopft hatte, wurde mir dieser Irrtum klar.

Ich hatte eben zum ersten mal geheiratet, ganz traditionell, in der Kirche, mit allem Beiwerk.

Und der gehobene Dienst winkte.

Also riss ich fleißig Überstunden. Oben in der 15ten, bei den Hengsten in der Rechnungsstelle. Bis ich nur noch Zahlen sah.

Wir waren zu zweit, ein gewisser Geburtstag und ich.

Der Abteilungsleiter war ein alter Knochen, kurz vor der Pension. Sein Posten würde bald frei werden.

Spätestens in zwei, drei Jahren.

Aber nur einer von uns beiden konnte den Posten kriegen. Geburtstag oder ich.

Die Qualifikation hatten wir beide.

Es war schon auffällig, dass sie uns beide zusammen gesetzt hatten.

Gut, sagte ich mir, wenn sie es so haben wollen.

Der beste Mann für die Arbeit!

Das war das Gesetz - dachte ich.

Die Akten ersetzten mir in dieser Zeit meine erste Frau.

Ich streichelte die Akten, hackte auf die Tasten wie ein Pianist. Vergnügung und Zerstreuung waren mir damals eine Folter. Ich dachte nur an eins: hier, dieser saftige Posten und du bist versorgt. Also streng dich an. Es langt nicht, wenn du nur deine Pflicht tust, tu mehr. Du willst doch den Alten beerben.

Geburtstag kam gar nicht mit mir mit, machte nicht mal Anstalten dazu. Der Mann tat wirklich nur das Allernötigste, er arbeitete wie eine Schnecke, gähnte, bekam kaum etwas zustande.

Manchmal schnitt er sich sogar während der Dienstzeit die Nägel.

Zwei Jahre ging das so.

Ich war mir sicher, ich wäre außer Konkurrenz.

Und dann legte mir der Alte eines Tages eine von unsren Akten vor.

Haben *Sie* das abgesegnet, Herr Knoff?

Ich sah auf den Kostenvoranschlag für die Bogenlampen im Neubaugebiet.

Da war der Fehler.

Für die vorgesehenen anderthalb Kilometer öffentliche Straße hatte ich eine Summe von drei Bogenlampen zu viel berechnet.

Der Alte rügte mich: Wenn Herr Geburtstag es nicht gesehen hätte...

Dass die Berechnung schon ein Jahr alt war und der Alte erst jetzt damit ankam spielte keine Rolle.

Ich hatte verschissen.

Geburtstag bekam den Posten.

Papier hat seine Erinnerung.

Zerreiß es, verbrenn es, friss es auf, nichts ist vergessen.

Meine erste Frau ließ sich also von mir scheiden.

Enttäuschte Erwartungen.

Ich brauchte eine Weile, bis ich diese Rückschlage verdaut hatte. Aber mein Ehrgeiz war immer noch nicht tot. Bald griff ich wieder an, heiratete erneut, nahm einen neuen Anlauf zum Aufstieg.

Ich dachte ernsthaft, ich könnte meinen Schnitzer noch ausbügeln.

Also ließ ich mich in die Stadtvermessung versetzen. Straßenbeschilderung und dergleichen.

Das war die zweite Chance, was zu werden.

Dort, in der Stadtvermessung ging es noch schlafmütziger zu als bei der Rechnungsstelle. Der Leiter war noch älter als mein ehemaliger.

Meine zweite Frau war schwanger und alles lief nach Wunsch. Wieder hängte ich mich rein.

Im Neubaugebiet mussten dreihundert neue Häuser nummeriert werden.

In kurzer Zeit schloss ich die Nummerierung ab und schickte sie ans Kataster.

Dass die Goethestraße dreimal die vierzehn bekam - was soll ich sagen…

Wieder würgten die Zahlen mir eine rein.

Was war das für ein Schock, als ich begriff, dass ich ein Dummkopf war, der sich völlig umsonst abstrampelte.

Und da begriff ich, ich musste weg, mich unsichtbar machen, sozusagen untertauchen - unter den Stempel des Sachbearbeiters. Nichts mehr mit hoch hinaus und Karriere machen. Mein Ehrgeiz blieb bei der Stadtvermessung auf der Strecke.

Stattdessen ging ich zurück ins Rathaus.

Nur kam ich diesmal ins Erdgeschoss. Nichts mehr mit oben, mit der 15ten oder noch höher.

Das war mir nur lieb und recht.

Also zog auch meine zweite Frau den Schlussstrich.

Aus Scham. Verständlicherweise.

Ein Mann, der knallhart die Wirklichkeit erkennt, der seine Dummheit begreift und sich mit ihr arrangiert, findet nur bei wenigen Frauen Gnade.

Ich konnte gut verstehen, dass sie nicht verstand, dass ich beschlossen hatte, nichts mehr verstehen zu wollen, was über den gewöhnlichen Stempel der Stadtverwaltung hinausging.

Und endlich, nach zwei kaputten Ehen, nach all den vergeblichen Mühen, nach dem Irrglauben, Papier sei zerreißbar - endlich war mir ein Licht aufgegangen.

Es gibt keine Abweichungen, keine Auflehnung gegen die Geduld und Ewigkeit des Papiers.

Der Einzelne, der denkt, ist machtlos, er kann sich nur verstecken, muss abtauchen in der Belanglosigkeit der Masse - abtauchen zwischen irgendwelchen Tischen.

Morgens früh um...

DAS ist das Gesetz. Und nur der Magen, der die Uhrzeit verteidigt, fordert sein Recht.

Specht

Die Tische, Räume der Stadtverwaltung, Abteilung Bürgerservice leeren sich. Der Tross der Abteilung verlässt das Bürgeramt und zieht in die Kantine.

Pflichtspricht, unser Chef-Stempler, geht wieder voraus. Führt das große Wort. Und alle brav hinterher, wie hinter der Gänsemutter.

Arschkriecher.

Lachen wieder über irgendeinen albernen Kram. ‚Ach, Herr Pflichtspricht... oh, Herr Pflichtspricht...'

Glauben noch, sie werden versetzt oder kriegen irgendwo ein besseres Pöstchen... Da oben weis man auch: da gehört er hin. Da soll er bleiben.

Arschkriecher.

Gebt es doch auf, Leute. Unser Chef-Stempler hat rein gar nichts zu melden, auch wenn er noch so auf dicke Hose macht. Der kann nichts für euch tun, kann euch keine anderen oder besseren Pöstchen verschaffen! Nicht umsonst leitet der Mann schon seit zehn Jahren unsere Abteilung...

Strengt sich aber ganz schön an, unser Chef-Stempler. Kein Wunder: die Neue geht neben ihm. Hat ein süßes Frätzchen und mords Titten. Und Pflichtspricht.... Hoppla! Der Mülleimer. Da stolpert einer. Gestolpert vor lauter Titten.

Jeden Tag dasselbe Bild, jeden Tag der gleiche Mist. Immer das gleiche Gequatsche und Geschmeichel.

Arschkriecher.

Kommt einem dieses Getue am Anfang noch wie ein Witz vor, kostet es den erwachsenen und mündigen Menschen irgendwann den letzten Nerv.

Sogar unser Kleiner, unser Fitzi, unser Prinz für Arme hat's schon über - und der ist erst drei Jahre bei uns.

In aller Ruhe häng' ich mir die Handtasche um. Da sind meine Trösterchen drin.

Knoff, unser Gaius Marius und Fitzi warten.

Wir drei gehen ganz zum Schluss, nebeneinander. Wie immer. Wozu sich vordrängen? Um bei unsrem Chef-Stempler gut rüberzukommen?

Die meisten unsrer Kollegen schwatzen.

Was für ein freundliches Völkchen - wie rührend.

Jetzt einen kleinen Chantré, und der Kopf ist wieder klar. Soooooooooooo. Besser.

Gleich ist das Hirn ausgelüftet. Gut.

In der Rathauskantine gibt es wieder den üblichen Schlangenfraß. Ich seh' mir an, was da in der Theke liegt und es vergeht mir.

Genau dieselben drei Menüs wie vor einem Monat.

Ich nehm' 'n Kaffee und 'n Rosinenbrötchen, fertig.

Die tägliche Abfolge der Gerichte bleibt immer gleich.

Wir nehmen die Tabletts auf, stellen uns an.

Was für ein Elend!

Die Hände der Abteilung sind bis auf wenige Ausnahmen gierig - schaufeln, schöpfen. Wie gefräßige Schweine. Denen kommt's nicht drauf an, was sie fressen. Die fressen alles. Hauptsache es ist billig. Da kann man sparen für den nächsten Urlaub, die neue Karre, die nächste Wohnungseinrichtung… wie erbärmlich!

Und wieder sitzen sie alle um unsren Chef-Stempler blasen ihm Zucker in den Arsch und plappern Unsinn.

Alles Arschkriecher.

Sie lachen.

Was für eine Verlogenheit!

Und unser Chef-Stempler baggert gewaltig an der Neuen. Und unserem Fitzi gefällt das natürlich gar nicht.

Na Fitzi, schon eifersüchtig?

Klappe! zischt Fitzi leise.

Ich grinse, dreh mich um zu unsrem Gaius Marius. Hat wieder mal nichts mitbekommen. Bald vierzig Jahre alt, macht nur große Augen und zieht die Mundwinkel runter.

Genauso sollt' man ihn knipsen, das Gesicht so überrascht als wär er 'ne Frau, der man in den Hintern kneift. Nie kriegt der Mann irgendwas mit, sitzt in der Mittagspause immer nur da und schlürft die dünne Erbsensuppe von seinem Löffel - genau wie ein alter Tropf.

Der Mann ist so spannend wie eingeschlafene Füße.

Sogar beim Unfall letzte Woche, als wir bei mir diesen Boxkampf schauten und es unten vorm Haus plötzlich krachte, ist er nicht mal mit ans Fenster.

Kein bisschen Neugier, kein bisschen Begeisterung. Nur für dieses schräge Statistikzeug, das er sich ständig einfallen lässt. Dazu zwei kaputte Ehen und ein Kind. Aber ich beneide ihn, dass er jemanden so liebt. (Sein Kind.)

Der Reihe nach schieben die Hände die Tabletts über die Rillen der Ablage, um die Kurve, rüber zur Kasse.

Fitzi und Knoff und ich setzen uns separat, wir haben unsren Platz, unsren Tisch.

Wir brauchen keine Gesellschaft. Keine Arschkriecher.

Außerdem - langweilen kann ich mich auch allein.

Und dann gibt es da noch was zu besprechen. Nur eine kleine Sache. Ganz unter uns.

Also, was? fragt Fitzi.

Freunde, sagt, was haltet ihr von einem Tapetenwechsel? frag ich.

Knoff nimmt den Löffel aus der Suppe.

Sie lauschen.

Freunde…

Es wird Zeit dieser schäbigen Stadtverwaltung einen Denkzettel zu verpassen.

Die Kuh ein bisschen melken, das schadet gar nichts - nicht bei dem, was uns regiert.

Seit Jahren setzten diese Stümper im 22sten Stock ein Bauprojekt nach dem anderen in den Sand. Hochstraßen, die kein Mensch braucht, Einkaufscenter, die leer bleiben… Alles nur Geldwäsche… Dabei kassieren einige Damen und Herren natürlich fleißig ab und loben sich dafür noch gegenseitig.

16

Freunde…

Vor allem dieser feine Herr, der die Stadt vertritt.

Da sitzt dieses Schwein tatsächlich den lieben langen Tag in seinem Prachtbüro. Furzt seelenruhig in sein hübsches Sesselchen aus bestem Nappaleder, seinen Thron. Frisst feine Häppchen und Erdbeeren mit Sahne - dieses Schwein. Alle im 22sten fressen Erdbeeren mit Sahne und feine Häppchen. Sogar die Sekretärinnen. Ich weis es, ich hab' meine Infos.

Und wir, das hart arbeitende Volk, wir kriegen den Kantinenfraß, kriegen jeden Tag diese vorgefertigte und aufgewärmte Dreckpampe. Aber wir fressen es ja und träumen von unsrem kleinen Glück. Wie erbärmlich!

Freunde…

Hat sogar einen eigenen Fahrer dieser feine Herr… der weis, wie man's macht. Und wir rackern uns ab für'n Appel und 'n Ei!

Hat der sich jemals bei uns in der Abteilung blicken lassen? Hat der uns je mal was spendiert oder uns gelobt? Nein, der scheißt auf uns. Für diesen Herrn und seine Zuträger sind wir, das Personal, nur Wanzen.

Freunde… sagt ehrlich, werden wir angemessen bezahlt? Wenn wir schon keine Anerkennung erhalten? Für den Dreck, den wir jeden Tag schlucken?

Ich sage, es wird Zeit, dass auch wir, genau wie die Herren unsrer Stadt, die Vorzüge dieser Stadtverwaltung nutzen. Wir, und gerade wir, die Grundpfeiler dieses Systems, haben uns einen kleinen Bonus verdient. Redlich. Einen Bonus, den man uns von oben verweigert. Weil Hunde nun mal unter den Tisch gehören und Hunden nur die Krümel erlaubt sind, die vom Tisch fallen.

Freunde... machen wir damit Schluss... und lassen andere ein bisschen zahlen, was wir bisher für andere zahlen. Was haben wir denn zu verlieren? Ernsthaft. Was? Auch ich, auch wir wollen feine Häppchen und Erdbeeren mit Sahne, wenn uns danach ist. Auch ich, auch *wir wollen mehr.* Mehr Erdbeeren, mehr Häppchen, mehr Annehmlichkeit, mehr Glück.

Tadäus

Ich bin mir sicher, ich habe diese Frau schon mal irgendwo gesehen. Sie muss hier im Rathaus arbeiten, sonst hätte sie einen Mantel oder sowas angehabt.
Sie sagte nicht mal Guten Tag, schneite einfach grußlos ins Vorzimmer und wollte zur Chefin.
So gab ich mich förmlich, presste ihr mühsam den Namen ab und meldete sie an. Dabei überlegte ich, woher ich sie kannte.
An unhöfliche Leute erinnert man sich immer besser.
Ich ließ sie also rein, pickte an meinem Muffin und korrigierte weiter am Entwurf für die diesjährige Haushaltsrede. Aber dieses Gesicht drängte sich immer wieder dazwischen.
Selbst als die Frau wieder fort war.
Sie verabschiedete sich auch nicht.
Das ärgerte mich von Neuem, und deshalb aß ich gleich noch den zweiten Muffin und dachte an dieses Gesicht.
Rüpelhafte Leute bleiben immer im Gedächtnis.
Dieses Vogelgesicht mit der dicken Schminke - genau, der Matrose, letztes Jahr auf der Faschingsfete im Ebertpark war es.

Ich korrigierte weiter, pickte die Muffinkrümel aus dem Papier.

Auf der Wiese stand das Zelt. Davor hatten sie die Bütt aufgebaut und eine aufblasbare Hüpfburg.

Es war voll. Die Chefin kam diesmal als Kapitän in einer weißen Borduniform und saß ganz allein an einem der Biertische. Nicht so wie im Vorjahr, als sie mit ein paar anderen vom Stadtrat ankam.

Ihr Mann, der Klavierlehrer war ohnehin nie dabei.

Sie ist eine nette Frau, aber manchmal eigen, sehr eigen und ehrgeizig. Arbeit, immer nur Arbeit. Nie erzählt sie was über ihr Privatleben. Bis auf die Faschingsfete einmal im Jahr habe ich sie noch nie außerhalb vom Rathaus gesehen.

Und da war also diese Frau im gestreiften Hemd, die als Matrose ankam. Ihr Haar war damals nur anders, ganz kurz und hell gefärbt, dazu der aufgeklebte Schnurrbart. Eine unsympathische, ziemlich ordinäre Person, die etwas Verächtliches an sich hat, mit jedem gleich auf du und du steht und Tuchfühlung sucht.

Die Gestik, die Bewegungen - sie hatte etwas von einer Hure. Eindeutig! Da konnte sie sich einen Schnurrbart ankleben, wie sie wollte.

Ich glaube nicht, dass die Chefin und sie vorher schon kannte. Aber unsre Chefin stülpte trotzdem ein Bier nach dem andren mit ihr. Soweit ich sehen konnte, verstanden sich beide bestens. Sie sahen sich nicht mal um nach der Bütt. Ich saß inzwischen an einem der Biertische, studierte meinen Text ein, wartete auf meinen Auftritt und sah beide von hinten. Das Kängurukostum machte mir ganz schön warm. Und Christian Pflichtsprich, von unten, im Bürgerbüro, der wieder als Sheriff unterwegs war, zog mich am Schwanz und bot mir ein

Glas Sekt an. Ich überlegte. Erst wollte ich rüber zur Chefin, um rauszukriegen, was da ablief. Aber mein Mann und ich hatten uns hier verabredet, damit ich noch mal meinen Text durchging. Mein Mann war noch nicht da. Also blieb ich sitzen, wartete, nahm den Sekt an und wir plauderten.

Ab und zu sah ich zur Chefin.

Die Redner waren zu laut, um was zu hören, aber die Chefin und diese komische Frau redeten eine ganze Menge. Dann kam mein Mann, der als Cowboy ging und brachte den Teller mit den Steakbrötchen.

Er und Pflichtspricht mussten sich natürlich gleich duellieren und ihre Revolver austauschen. Da wurden die Steaks natürlich kalt und ich musste mal wieder alleine herhalten. Ich war eben erst mit dem zweiten Steakbrötchen fertig, da kam schon der Tusch vom Orchester. Ans Mikrofon hopsen, wie ich es eigentlich vorhatte, konnte ich da jedenfalls vergessen. Immerhin machte ich meine fünf Minuten oben mal wieder ganz passabel.

Ich glaube, die Chefin klatschte zum Schluss, aber die Frau, fiel mir auf, sah kein einziges mal herum.

Selbst die kleinste Missachtung sitzt für lange.

Später ging ich schließlich doch mal kurz rüber. Aber ich merkte schnell, dass beide allein sein wollten. Sie saßen noch immer und tranken Bier als Mitternacht längst durch war und wir heimgingen.

Herr Buda

🖝 Die sind nach Feierabend zu mir gekommen. Hab' unten, in Zimmer Neun die Steckdose von der

Kaffeemaschine gewechselt. Da war außen alles bröslig, die Steckdose mal wieder halb rausgerissen.

Die Herrschaften ziehen immer so am Kabel. Hab' gekniet und grade ein bisschen Gips auf die Einfassung geschmiert, hab' dübelte.

Auf einmal standen die da, die Specht und der Knoff.

Tag, Herr Buda. Sagen Sie mal, meinte die Specht. Sie wohnen doch hier in der Nähe.

Bin aufgestanden, hab' hier die Steckdose, da die Spachtel gehabt und mir die Herrschaften angeguckt - hab mir die ungefähr so angeguckt, wie die sonst mich, wenn die was von mir was wollten, weil die Jalousie bei denen in der Abteilung mal wieder klemmte oder der Heizkörper streikte.

Die Specht, die wollte was. Eindeutig. So wie die mich ansah.

Ja? fragte ich und dachte, was kommt denn jetzt. Dachte, Buda, was wollen die denn von dir?

Wissen Sie, ob dort im Moment irgendwo 'ne Wohnung frei ist? fragte die Specht.

Und ich: Bei mir im Haus, oder wie?

Ich war noch immer nicht ganz da.

Zum Beispiel, meinte die Specht und grinste.

Jahrelang ständig das griesgrämige Gesicht von der. Kaum ein Wort. Und jetzt quatscht mich die Gnädige plötzlich an und macht auf freundlich. Da kommt man sich schon irgendwie verarscht vor. Aber wen kratzt das schon, wenn er Hausmeister im Rathaus ist? Vor allem, wenn man erst mal zehn Jahre Hausmeister in irgendeinem Rathaus ist - da kratzt einen echt nicht mehr viel. Sag' ja, wer schon mal in der Chefetage die Rohre vom Scheißhaus aufgemacht hat, weil sie verstopft waren - und immer wieder verstopft sind - wer da gesehen hat, was da so alles drinsteckt, in so einem Scheißhausrohr, der weis was gemeint ist.

Hatte trotzdem keinen Dunst, was das werden sollte.

Hab' also von der Specht kurz zum Knoff geguckt.

Aber von dem kam gar nichts, der war nur so dabei. Im Grund war er wie immer, bekam den Mund überhaupt nicht auf, sah nur genauso verdutzt aus wie jeden Morgen, wenn ihn plötzlich einer anredete.

Ne, glaub' nicht, meinte ich, legte die Steckdose auf das Stück Zeitung auf dem Aktenschrank.

Okay, danke, sagte da die Specht und drehte sich um, genau wie der Knoff, weil sie gehen wollte.

Sah auf meine Hände, dachte nach, war sicher.

Die meinten die Sache wirklich ernst.

Aber wenn sie wollen, rief ich. Und die zwei drehten sich sofort wieder um.

Kann ja mal genau nachfragen. Sag ihnen dann morgen bescheid.

Das wär' sehr nett von Ihnen. Danke, Herr Buda, meinte die Specht da ganz artig.

Und dann ab.

Hab' in Ruhe die Steckdose fertig gemacht, damit die Herrschaften morgen wieder am Kabel zerren und die Steckdose rausreißen konnten. Hab' dann den Kram zusammengepackt, die Kutte ausgezogen und bin heim, rüber vom Rathaus in die Schulstraße, wo wir wohnen. Ich und die Frau und die Kleine.

Hab' also unterwegs bei Teufel, unserm Vermieter geklingelt. Bei uns im Haus sei nichts frei, aber bei seinem Bruder würd' jetzt was frei werden. Den Monat noch. Der hatte in unsrer Straße das Haus mit der Siebzehn.

Aber das würd' er keinem empfehlen, meinte der. Er würd' sich sowieso wundern, dass der, sein Geizhals von

Bruder mit seinen Mietpreisen... und angeblich wär die Zentralheizung noch aus den Achtzigern... Und erst die Kautionen, die Kautionen - duliebesbisschen!

Hab' das gleiche gedacht.

Hörte gar nicht mehr auf, der Teufel, seinen Bruder runterzumachen.

Machte mich schließlich mühsam vom Acker, immer eine Treppenstufe höher, bis er endlich abwinkte und sich wieder in sein Loch verkroch.

Und das erzählte ich auch der Specht. Am nächsten Morgen. Kam selber runter zu mir ins Lager, die Gnädige, diesmal ohne den Knoff und hörte mir gut zu.

Das ist alles, was ich weis, meinte ich.

Und dann, weil sie so dastand und überlegte: Vielleicht haben Sie ja Glück.

Tja, das wäre bestimmt was, meinte sie und nickte. Ich würde sie nehmen, auch ohne sie vorher zu sehen.

Nickte auch, sah zur Seite und wartete, dass die Alte endlich abzischte. So wie es hätte sein sollen.

Aber die Alte zischte nicht ab, stand noch immer da und überlegte. War komisch. Und dann wurde es richtig komisch, als die mich ansah und sagte: Was würden Sie sagen, Herr Buda, komm ich für die Wohnung mit zehntausend Euro im Jahr wohl hin?"

Blies erst die Backen, wackelte mit dem Kopf, stimmte zu - alles eben so, wie man einem zustimmt, der was von zehn Mille erzählt.

Und die Gnädige guckte mich an, stand noch immer da. Und dann: Kann ich Sie was fragen? - Wenn ich Ihnen die Zehntausend gebe, würden Sie die Wohnung dann für mich mieten?

Ich?

Kapierte nicht. Wie auch kapieren? Kapieren? Was?

Kapier' nicht, meinte ich, dachte: Ist die Alte denn bescheuert? Bin hier zehn Jahre Hausmeister und wundere mich doch wieder?

Musste der jetzt doch mal richtig ins Gesicht gucken. Aber das war noch genauso. Die war so sicher mit dem, was sie gesagt hatte, als hätte sie was ganz Normales gesagt.

Ja, ich meine es ernst, Herr Buda. Falls Sie es machen wollen, kriegen Sie noch mal fünftausend Euro dazu. Die Fünftausend sind dann für Sie. *Pro*-vi-sion!

Pro-vi-sion?

Holte tief Luft, brummte, meinte: So ein Blödsinn!

War sogar angepisst. Aber das machte auf die überhaupt keinen Eindruck. Das machte der gar nix. Die war total ruhig.

Kein Blöööödsinn, Herr Buda, meinte die. Genau das, was ich gesagt habe - genau das, und nichts anderes. Fünftausend Euro - *Pro*-vi-sion.

Pro-vi-sion… meinte ich. Nahm kurz einen von den alten Wandhalterungen für die Bildschirme im Zehnten vom Werktisch.

Ach was! schmiss ich die Halterung wieder hin. War sauer. Meinte nur: Soll ich sowas glauben?

Wurde aber langsam unsicher. Wär am liebsten abgehauen. Aber im Lager gab's nur den einen Ausgang, vorbei am Tisch. Und da stand die Alte, versperrte den Weg.

Herr Buda, *Sie* glauben, was *Sie* wollen, meinte sie, nahm einen Bleistift von meinem Werktisch und schrieb etwas auf den Abrissblock.

Kommen Sie morgen Abend um sechs zu mir, Herr Buda. Dann erklär' ich's Ihnen und *Sie* entscheiden. Und jetzt kommen sie mal wieder zu sich.

24

Und ab. Wie am Mittag den Tag davor. Und nur der Zettel war noch da. Vollgekritzelt. Und die Stimme von der Alten. Die sagte noch immer: Kommen… und: fünftausend Euro. Kommen… und: fünftausend Euro. Kommen? Für fünftausend Euro.

  Fünftausend Euro?

- Kriegen? Nur für eine fremde Wohnung anzumieten? Setzte mich erst mal auf meinen Stuhl an die Werkbank, bis das richtig im Hirn gelandet war.

Fünftausend Euro?

Dachte nach. In Ruhe. Dachte an daheim.

Dachte: Fünftausend Euro?

Unsre Karre… würde bald verrecken! Die ganzen Versicherungen… wieder… steigen… Und die Kleine - die Kleine wollte dieses Jahr studieren gehen... dachte…

Der Mann denkt, und bleibt doch dumm. Der schlaue, wie der dumme Mann. Der Schlaue noch mehr. Denkt, er könnte die Dummheit besiegen.

Aber nix da! Nicht denken und nix tun.

Tu's, Buda, und fünftausend mal hauen dir die Dummheit und die Frau daheim aufs Maul.

Und tschüss ihr fünftausend Euro. Weg mit den Flöhen, Buda, die dir so ein krummes Weibstück ins Ohr hustet.

  Tausend Euro? Das ist nicht mal der von der Welt.

Und dann: Wer sagt eigentlich, dass die Alte das Geld überhaupt hat? Reden kann man viel. Das kostet keinen Cent.

Dass die Sache faul war, das war sowieso klar.

Tu's, Buda, und fünftausend mal haut dir… aber tu's nicht, und die Reue, und erst die Frau daheim hauen dir noch mehr, hauen dir zehntausend mal aufs Maul.

  Und so -

Stand also kurz nach Feierabend vor Haus Nummer siebzehn und streckte schon mal die Fühler aus. Für die Alte… für die fünftausend Euro.

Seh' das so: Hab die Welt nicht gemacht. Aber muss in ihr leben. Und dazu braucht's Geld.

Die Frau daheim versteht's. Da sin wir auf einer Linie.

War deshalb auch gar nicht mehr überrascht, dass ich da stand, klingelte und nachfragte - beim Bruder von unsrem Vermieter, dem Teufel, der auch Teufel hieß. Der sah sogar fast genauso aus wie sein Bruder. Der gleiche kleine Kopf, die gleichen kleinen Rattenaugen. War genauso unfreundlich wie der Bruder.

Nur war der Teufel hier jünger als unser Teufel.

Wohnung frei? Woher wissen Sie davon? fragte mich der jüngere Teufel.

Meinte, dass ich's von meinem Vermieter wüsst', dem aus der Sieben.

Und da taute er auf, aber wie… Und ich solle auf keinen Fall dort mieten. Alles veraltet. Kein Wunder, bei seinem Geizhals von Bruder. Die Leitungsrohre, und erst die Kabelanschlüsse und nicht mal ein Lift drin - meinliebermann!

Hab' das gleiche gedacht. Der eine Teufel, der dem andern nicht den Dreck unterm Nagel gönnt.

Und er: Lieber bei ihm mieten… Und da müsse keiner die Treppe putzen - ja ja, die Wohnung sei ab ersten frei, auf jeden Fall ab ersten.

Hörte gar nicht auf, dieser andere Teufel, seinen Bruder runterzumachen.

Sagte ihm danke und wollte eigentlich ab.

Aber der - stolperte gleich los, holte den Schlüssel und zog mich einfach so mit ins Haus.

Dr. Kitzlig

Erst zur dritten Stunde schleppte sie ihren Kontrabass mit. Was für eine kleine Schlaue, dachte ich. Sehr schlau. Über dem großen Kasten baumelten ihre ausgefransten Mädchenzöpfe. Vorher trug sie immer nur den Rucksack und sah aus wie jede andere Schülerin, die zu uns kam: Schüchtern und bieder.

Es fehlten ihr nur die Zahnspange und das Bärchen am Rucksack.

Es gab sogar Hausfrauen, die bei ihm vorsprechen.

Alles nur aus übertriebener Verehrung für die Klassiker, die diese Hausfrauen, gegen zehn Euro die Stunde, auf seinem Flügel anschließend so lange zerhackten, bis ihm das Geklimper selbst zu den Ohren raushing.

Doch mit ihr verhielt es sich anders.

Bald hörte ich wie sie anfing den Bass zu zupfen, während er sie auf dem Flügel begleitete. Musik von klein auf: Orchester, Gastspiele bei den Philharmonikern - talentiert... Erzählte er mir abends.

Er schien angetan.

Aha, sagte ich.

Denn ich kannte sein Temperament. Seine Begeisterung für Musik war grenzenlos. Für mich war sie nur eine Siebzehnjährige mit ausgefransten Zöpfen.

Und jede Woche, mit jeder neuen Unterrichtsstunde wurde sie mir gefährlicher.

Es wäre jedenfalls nicht das erste mal gewesen. Nebenbei war es sinnlos, mit ihm darüber zu reden. Weder hatte er Voraussicht, noch den Überblick. Nein, eher hätte man einem Hund abgewöhnt an der Ecke das Bein zu heben.

Ein Luftballon zerplatzt, wenn man ihn zu stark aufbläst. Aber was tut ein Mensch, der randvoll ist mit Gedanken. Soll er platzen? Gedanken sind Worte. Er muss reden.

Also fuhr ich zu Uli, erzählte ihr mein Problem.

Sie kniff ein Auge zu, dachte nach. Schließlich war sie der Ansicht, ich solle vorerst nichts unternehmen, nur abwarten. Das verliefe sich.

Abwarten? Ich war gekommen, damit sie mir zustimmte, meine Befürchtungen bestärkte - nicht, damit sie mir den Mut nahm.

Unzufrieden zog ich ab.

Zuhause ging das gemeinsame Zupfen und Klimpern munter weiter. Ich lauschte gespannt nach dem Musikzimmer, in dem manchmal der Kontrabass, manchmal der Flügel aussetzte. Obwohl ich nie bei ihnen reinschneite, konnte ich förmlich sehen, was drinnen ablief: Ihn, wie er mit verschränkten Armen umher schritt, korrigierte und lobte: Ihre Aufmerksamkeit, sobald er dasaß und solo das Thema anschnitt.

Es war, als würden sie miteinander reden, ohne dass ich alles verstand. Nur dass ich verstand, dass ich nicht alles verstand. Und er spielte mit einem Schwung wie lange nicht mehr.

Verdammt noch mal, dachte ich. Glaubt er, die Kleine ist Frederic persönlich, dass er ihr zeigen muss, was er alles kann!

Zugegeben, sie hatte selbst Talent. Ich hörte es.

Er hatte ja nur auf jemanden gewartet, der ihn selbst richtig anspornte. Umso schlimmer, dass es eine Sie war. Da gab es Schwingungen, die niemand beeinflussen konnte.

Mittlerweile kam sie schon zweimal die Woche.

Ich musste einschreiten.

Als sie wieder ankam, passte ich sie direkt an der Haustür ab. Sie wurde nicht patzig, aber verzog unwillig den Mund. Mit spöttischem Lächeln schüttelte sie den Kopf und hievte den Kasten wieder über die Türschwelle. Nach draußen.

Ich schloss die Haustür und atmete auf, bevor ich bemerkte, dass er hinter mir stand. Zuerst war sein Gesicht verkrampft. Dann rieb er seine Hände, sah mich neugierig an und biss sich auf die Unterlippe.

Immerhin war jetzt Ruhe und ich konnte zu meiner Städtetagung fahren.

Eine ganze Woche war dafür angesetzt und die Stadt stellte mich frei. Am Siebten wollte ich zurück sein, kam aber schon… Ich hatte so eine Ahnung.

Die Welt ist doch wirklich ein Saustall! Und nichts ist sicher. Absolut nichts!

Da stand er in der Küche, brutzelte gerade etwas zusammen, trug ihre Unterhosen. Ihren Tanga! Bei dem ihm natürlich was durchhing).

Das waren dann doch ganz neue Seiten an ihm.

Und wie gelähmt stand er da, der Feigling, während ihm da was durchhing.

Ich stand da und er stand da, bis sie, das Miststück, in mein Badetuch gewickelt, aus der Dusche kam - in mein rotblaues Badetuch! Dann waren wir vollzählig. Und was er da auch brutzelte, es brannte an.

Ich war am Zug.

Aha, sagte ich und dankte ihr, dass sie drauf verzichtet hatte meinen Ersatzbademantel anzuziehen. Noch!

Darauf beglückwünschte ich ihn.

Das zweite mal, jaaa? rief ich und reckte zwei Finger, damit er sie sah. Und in der Küche stank es immer stärker nach Angebranntem.

Aber irgendwas fehlte da noch, eine Art Drohung. So konnte ich unmöglich abziehen.

Also sagte ich noch irgendeinen Schwachsinn: dass ein Anwalt das Übrige blabla… und: Du hörst von mir -

Im Grund war es lächerlich.

Das Haus lief sowieso auf mich, gehörte mir. Ich hatte alles bezahlt, sogar seinen scheiß Flügel, auf dem er herumklimperte.

7 Jahre Duldsamkeit. Zum zweiten mal hatte er mich betrogen, den Bogen zum zweiten mal überspannt.

Und diesmal gingen mir die Nerven durch. Die Niederlage saß, die Enttäuschung erdrückte, die Ernüchterung packte mich.

Es gibt einfach keine Treue in dieser erbärmlichen Welt!

Ich schaffte es gerade noch zu Uli, bevor ich auseinander brach. Uli musste mich trösten.

Nach einer Weile hob sie meinen Kopf an und holte den Schnaps.

Was flennst du? fragte sie. Zahl's ihm heim. Und wieso bist du überhaupt gegangen? Das Haus gehört doch dir!

Vielleicht hatte sie Recht.

Wenn ich aufs Recht gepocht hätte… jetzt war's zu spät. Ich richtete mich auf, putzte mir die Nase und stülpte den Kurzen. Ich lachte leichtfertig, hatte einen sitzen, quasselte drauflos.

Aber Uli war starr, sah immer verstörter aus.

Auf einmal fasste sie meinen Kopf.

Ich dachte… Und sie saugte meinen Mund, machte einen Ruck, ließ mich los, wich zurück.

Alles in einer Sekunde.

Verblüfft sah ich sie an. Aber ihr Gesichtsausdruck war völlig unschuldig, völlig natürlich
Da wurde etwas verschoben, griff nach mir.
Mit einem mal war ich nüchtern, saß aber wie versteinert auf der Couch, direkt neben ihr. Ich musste warten, bis sie etwas sagte. Stattdessen beugte sie sich wieder vor und küsste mich.

Ich blieb zum Abendessen, blieb die ganze Nacht.
Wunden lecken tröstet.
Danach bereute ich es, versuchte die Geschichte zu vergessen. Dann wieder fand ich es gar nicht so schlimm.

Damals war es nur wichtig ihm eine Lektion zu erteilen, die er nie vergaß. Und Ulis Idee war totsicher.
Als ich am nächsten Nachmittag nach hause kam, saß er alleine im Wohnzimmer. Aber das spielte keine Rolle mehr. Es war Zeit für die Abrechnung.
Kante zeigen gleicht aus.
So stellte ich mich extra in den Gang, damit er es mitbekam, rief die Transportfirma an, redete laut: Sagen Sie, transportieren sie eigentlich auch Instrumente, große Instrumente wie Flügel?

Fitz

☛ Du sitzt in deinem Wagen, das Verdeck unten, braust über die Autobahn. Der Wind weht dir um die Nase, zaust dir die Haare - weit weg vom Fachbereich 2. Das ist das Wahre, die einzige Freiheit, denk' ich. Noch eine hübsche Biene an deiner Seite und du bist im Himmel.

Soweit hat man uns gebracht. Das sind die Ideale. Ich und mein Auto. Ich und meine Frau. Ich und mein angenehmes Leben.

Erzieht man uns nicht dazu? Und was spricht dagegen? Nichts, nur das Geld.

Aber woher nehmen?

Meingott! Wie unfair! Da zeigt man uns Träume, aber verlangt dafür mehr als wir zahlen können.

Selbst wenn du alles auf Raten kaufst - du kannst es dir nicht leisten!!! Die Wirklichkeit sieht anders aus.

Aber man will ja mitspielen.

Ich bin ein Mann Ende zwanzig, der es zu nichts kommt und nie zu was kommen wird. Sachbearbeiter bei der Stadtverwaltung, mein Gehalt bescheiden. Die Wochen über schlag' ich mich rum mit Pack, das mir die Ohren voll jammert und mich beleidigt. Der Druck macht mich fertig. Ich, der unten sitzt, krieg' ab, was der Staat, was die dort oben verbocken.

Im Grund bin ich ein Dreck, ein armer Schlucker.

Ich *schlucke* Dreck! Das ist mein Los.

Und das bisschen Geld, das lausige Gehalt, das ich beziehe, zerrinnt mir zwischen den Fingern.

Denn Geschenke sind teuer und die Damen haben ja Ansprüche. Heißen sie jetzt Laura, Monika oder sonst wie… hab's vergessen.

Damen, Geschenke, der Wagen (schon alt, bald drei Jahre alt) - wie kann ein Mann, der Schönheit sucht, davon nur die Finger lassen? Alle guten Vorsätze sind wertlos gegen den Anblick von Schönheit, die dich festnagelt. Ich bin behext, bin süchtig, ein Clown, der Glück und Schönheit besitzen will.

Heut' ist mein freier Tag. Da fahr' ich immer erst Squash spielen und danach ins Solarium. Und ich denke, Schneewittchen wäre wieder mal nicht schlecht. Rein zur Entspannung. Das ist wie Urlaub - von dir selbst.

Es wird höchste Zeit, dass ich zu Geld komme. Ich steh' schon mit fast zehn Riesen bei Baba in der Kreide.

Ich nehm' die Ausfahrt, will schon Schneewittchen anrufen, da meldet sich: Lady Specht.

Wir werden uns nachher bei ihr treffen. Mit der Wohnung, das hat geklappt.

Jeder 'n Schlüssel, und zur Einweihung werd' ich zu Schneewittchen fahren, für Uli und mich 'ne Prise holen. Dazu gibt's für jeden noch ein Handgeld.

Nimm, Bruder. Nimm, solange die Träume warm sind, solange du mitspielen kannst.

Knoff

☛ Der Euro schnellte in die Luft, machte einen sirrenden Ton, prall auf die Küchenablage, schleuderte herum, fiel auf den Boden, blieb liegen, schrieb den Zufall.

Ich beugte mich runter, sah auf den Zufall.

Es lag Kopf. Ihr Symbol. Sie hatte Glück.

Ich steckte das Feuerzeug wieder ein, verstaute den Spiritus im Unterschrank. Einen Moment stützte ich mich gegen die Anrichte und schnaufte durch.

Der Zufall befahl mir, und ich besiegte meinen Zorn.

Da lag der Brief ihres Anwalts. Das war das Ende, unsere Ehe gescheitert.

Oh Astrid!

Bedenke, auch ein anderer hätte dir eine geklebt für deine weibliche Grausamkeit und Berechnung. Und hast du nicht zuerst die Hand gehoben? Mir deine Faust auf die Brust gehauen?

Ich saß auf dem Küchenstuhl, grübelte, grübelte stundenlang, grübelte von Neuem, und schüttelte als Ergebnis doch bloß immer wieder den Kopf. Die Stirn rutschte mir noch tiefer über die Augen.

Ich sah es die ganze Zeit vor mir, suchte Rechtfertigungen, Auswege, schämte mich.

Selbst dass sie mich vor unserer Kleinen niedergemacht hatte, ließ es nicht besser werden.

Die Hand reagiert im Moment der Schwäche gewöhnlich schneller als der Kopf. Und der Berg erduldeter Respektlosigkeit wankt.

Ich hätte es ihr so gerne gesagt. So gerne.

Aber sie ließ und lässt ja nicht mit sich reden.

Seit Ende September lebte ich allein in unsrem Haus, und wollte noch immer nicht begreifen. Ein Mann, der aus dem Fenster fällt, noch hofft, er könne fliegen…

Ein Irrwitz hier noch länger auszuharren!

Und dann all diese Dinge! Innen, außen, im Kopf, im Haus. Alles so voll mit Dingen, so voll mit Scheißdreck.

Und zum ersten mal fällt einem auf, dass der Scheißdreck ringsum, von dem einem schon bald nicht mehr gehören wird, schon immer tot gewesen, allein in der Einbildung gelebt hat. Nur deshalb lebt, weil man es glaubt.

Nicht mal, dass es etwas nützt, wenn du sie besitzt - selbst wenn sie noch so toll, so teuer sind und man sie wieder verkaufen kann - wie sie es wahrscheinlich mit einigem vorhat.

Die Einrichtung, das Gros ihrer Kleider, das Kinderspielzeug überall im Haus - jeder zurückgelassene Gegenstand hebt sich von seinem Platz, kreist eines Tages durch den Raum im eigenen Kopf und saugt sich durchs Loch im Verstand.

Nächste Woche kommt der Möbelwagen.

Oh Astrid!

Der Kühlschrank ist leer, mein Herz verwundet, das Bettzeug stinkt. Aber nimm. Nimm, was du willst - wie du mir schon unsre Kleine genommen hat.

Ich will's hinter mich bringen.

Nur weg mit all diesen ,Dingen', diesem Scheißdreck.

Allein dass es diese Dinge gibt und man sie hat, um damit ein Leben zu bereichern, das man nicht mehr lebt, ist ein Elend und bezeugt nur, dass man versagt hat.

Ein Haus, in dem man allein lebt, ist auch nicht besser als ein Gefängnis. Die Zimmer, wenn keine Stimme sie belebt, bedrücken.

Eine Frau findet nach kurzem ihre Nägel, ihre Haare, ihre Haut. Einen Neuen! Doch ein Mann, ohne Hobbys und Interessen, nur Zweifel. Ein verlassener Mann ist auch nur ein kleiner Junge, ruft nach seiner Mama und heult, wenn ihn die Mutter im Stich lässt.

Nichts gibt ihm Befriedigung, nichts einen Sinn - ohne Frau, ohne Kind. Überhaupt nichts.

Und ich, Trottel hoffte noch. Bis letzten Monat.

Aber jetzt.

Nächste Woche kommt der Möbeltransporter. So hat sie geschrieben.

Eine Schande. Jahrelang hält man alles in Schuss, jahrelang zahlt man pünktlich Rate um Rate, jahrelang reißt man sich den Arsch auf. Und dann?

Wegen einiger Worte, einer billigen Ohrfeige…

Oh Astrid!

Und immer wieder hatte ich dich angerufen, mich erkundigt, gehofft und beteuert und gebettelt - einmal die

Woche, die ganzen Monate über, seit du wieder bei deiner älteren Schwester lebst. Und unsre Kleine hört sich jedes mal fremder an, sieht mich jedes mal mehr an wie einen Fremden. Ich habe sie seitdem nur einmal gesehen. Einmal in drei Monaten!

Bald wird ihre Stimme nur noch das kurze, atemlose Schnaufen aus einer anderen Welt sein, von der ich mir vergebliche Bilder ausmale.

Wer zu sehr an die Zukunft denkt, verliert die Gegenwart aus den Augen.

Sie wollte, will nicht, dass ich sie besuche.

Kein einziges offenes Wort. Das ganze Gerede, der Fleiß, die Mühe - von Anfang an umsonst.

Oh Astrid!

Dein Brief hat alles zunichte gemacht.

Wer einen andern Menschen strafen will, findet immer einen Grund. Wozu das Versteckspiel, wenn du von mir die Schnauze voll hastest?

Ende September hielt mich nichts mehr, und ich fuhr hin. Mein noch-Schwager machte auf, sagte, sie sie sei nicht da. Ausgegangen. Ich sah ihn an, wollte unsre Kleine sehen. Er nickte, ließ mich warten an der Tür. Aber ich merkte, ich war unerwünscht.

Dann kam sie endlich. Aber das war nicht sie, nicht so wie ich sie in Erinnerung hatte. Etwas stimmte nicht.

Wenn zehn Jahre einen Erwachsenen völlig verändern, genügt bei einem Kind schon ein halbes Jahr.

Sie hatte Angst, sah mich verunsichert an, genau wie ein wildes Tier, von dem man Abstand hält.

Ich kniete noch, hielt meine Arme offen, aber -

Ich begriff, stellte mich wieder, würgte mein Lächeln ab und drückte die Freude zurück in meinen Brustkorb.

Dann fragte ich sie nach der Schule, nach ihrer Mutter.

Oh Astrid!

Du hast unser Kind zu meinem Feind gemacht!

Fünf Minuten später war ich schon wieder auf der Heimfahrt. Jetzt wusste ich, wie die Sache stand.

Ich warf die Münze.

Obwohl der Zufall entschieden hat, seh' ich wieder nach dem Messer. Dann nach der Münze auf dem Boden - und überlege.

Wenn man Vorgesetzte und eine Frau hat verlernt man manchmal die selbstständigen Entscheidungen.

Kann man denn durch eine Münze den gerechten Zufall herbeiführen? Ist durch die Absicht, die Festlegung zweier Möglichkeiten, selbst die verdammte Hand, die sie wirft, nicht schon jeder Zufall zum Teufel?

Und vielleicht ist es noch viel hinterhältiger als man ahnt. Vielleicht hat schon lange ein anderer die Münze für einen selbst geworfen. Schon lange vorher - während man noch an die Gerechtigkeit der eigenen Entscheidungen glaubt…

Aber dein Brief war längst da, die Sache ohnehin beschlossen. Da stand es, schwarz auf weiß. Scheidung! Güterteilung!

Oh Astrid!

Wenn du es so willst. Es läuft auf dasselbe hinaus, nur statt dem Feuer die Unterschrift. Du wirst nicht glücklich werden mit dem, was du mir, was du uns antust.

Angewidert heb' ich die Münze vom Boden auf, steck' sie wieder in den Geldbeutel und fahr zu Ulrike Specht, meiner Freundin.

Nächste Woche kommt endlich der Möbeltransporter. Das ist kein Schock mehr, sondern ein Glück.

Ich überlasse ihr alles - bis auf meinen Schreibtisch und die verstellbare Lampe.

Plan A: gescheitert. Plan B: gescheitert. Plan C? Nein, keine Pläne mehr für die nächste Zukunft. Komme, was wolle - mir alles recht.

Specht

Gestern war Fitzi wieder mal bei seiner Mama.
Fitzi und Mama Fitz: das ist ein ewiges Thema.
Zum Schießen.
Ein Glas Saft in der Hand, hängt unser Prinz für Arme in der alten Hollywoodschaukel auf meinem winzigen Balkon, hier, im achten Stock. Und er kotzt sich aus über Mama Fitz.
Der nette Junge, Goldjunge - er ist schon ein kleiner Drecksack. Hat sich gedacht, es könnt doch nichts schaden Mama Fitz, der alten Hexe mal wieder auf den Zahn zu fühlen. Ein bisschen Handgeld abstauben.
Das ich nicht lache.
Nichts war's. Nur schöne Worte.
Mama Fitz ist ein Tresor, da kommt er nicht ran.
Mama Fitz kennt klein Fitzi besser als er sich selbst.
Aber Fitzi gibt die Hoffnung nicht auf.
Seit sein Vater gestorben ist wird es immer schwerer Mama Fitz was abzupressen, meint Fitzi. Sitzt, wie ein Geier auf dem Kadaver, auf einem ganzen Berg Geld.
Vor Ärger äfft Fitzi Mama Fitz nach: ‚Julian, du hast dein Gehalt und deine Halbwaisenrente' sagt sie. ‚Reicht dir das nicht? Und dann das Gemeckere: ‚Wähwäh-wäh… wenn dein Vater… wähwähwäh' - und der Zeigefinger, in dem schon die Gicht steckt. Und die Kette wackelt Mama Fitz dabei angeblich ums dürre Handge-

lenk, das nur noch aussieht wie 'ne alte, abgestorbene Wurzel.

Mein Gott, da muss man sich schon bald Märchen einfallen lassen, damit die alte Brotspinne was rausrückt. Von dem, was mein alter Herr bei den Chemiebetrieben dreißig Jahre lang angehäuft hat, meint Fitzi.

Unser armer Fitzi. Stößt das Bein vom Boden und schaukelt sachte.

Und dabei trägt sie selbst reichlich Schmuck, ein Paar Brillantohrringe und eine Perlenkette. Alles vom Geld meines Vaters - wenn der alte Herr nur wüsste! Dass sie aber auch so starrköpfig ist und nicht mit sich reden lässt! Ich glaub' sie würd' eher alles verbrennen, als mir mal 'ne einzige Mille zu geben.

Dir würd' ich auch nichts geben, wenn ich deine Mutter wäre. Du verhurst es ja doch nur, sag ich.

Mach keine Witze. Natürlich bring ich ihr trotzdem immer Blumen mit und komm zu ihren Geburtstagen.

Sicher, als treuer Sohn aus gutem Hause weis man schließlich, was sich gehört, sag ich, steh auf und schenk mir Cognac ein. Unser Gaius Marius ist natürlich noch nicht da. Kommt immer zu spät!

Stell dir vor, da sitzt dann ungefähr ein halbes Dutzend von diesen alten Pelzkatzen beisammen. Eine besser ausstaffiert wie die andere, und jede schwatzt drauflos, als gäbe es nur sie auf der Welt, erzählt mir Fitzi.

Unser armer Fitz, der noch nicht das Neueste weis. Noch nichts weis von seinem Glück.

Er jammert, klagt über die Knauserei von Mama Fitz, kriegt noch immer nicht die Kurve.

Sein Bein stoppt die Schaukel.

Unglaublich! Sind erst mal ihre alten Esel eingescharrt, denen sie das ganze Leben sauer gemacht haben, geht's rund bei diesen alten Pelzkatzen. Weltreisen, Schönheitskuren, Luxuskuren. Darauf warten diese Halbmumien ein ganzes Leben.

Und natürlich wollen sie dich alle küssen, sage ich.

Küssen? Die schlabbern mich hemmungslos ab.

Igitt. Wie ekelhaft.

Und ob. Hocken da bei der Alten, hauen sich die Sahnetorte rein, schürfen ungestört aus ihren Tässchen die Meisterröstung und gackern in einer Tour abwechselnd irgendeinen Stuss über Krankheiten, von denen sie keinen Funken Ahnung haben. Und ich, der einzige, der weniger als halb so alt ist wie die jüngste von dieser Ansammlung von Mumien…

Und einzige Schwanzträger…

… ich sitz' dabei wie Falschgeld, muss mir diese Scheiße reinziehen und hoff' jedes mal, dass ich bald abhauen kann und meine alte Dame diesmal was rausrückt, stöhnt Fitzi auf, stößt das Bein wieder ab und schaukelt wieder los.

Unser Gaius Marius ist noch immer nicht eingetrudelt.

Apropos Bares…

Ich hab' es satt zu warten, steh auf und geh rein, die Geldrolle aus der Keramikkatze fingern.

Wer Mitstreiter hat, muss sie bei Laune halten.

Ohne Vorwarnung werfe ich ihm das Geld direkt in den Schoß.

Die Dürre ist vorbei mein kleiner Julian. Du darfst dich freuen.

Unser Fitzi nimmt die Rolle, bremst die Schaukel aus, setzt sich aufrecht, kehrt die Unterlippe vor.

Die Dinge umkehren, nicht? lächelt Fitzi.

Es geht los, mein Kleiner, sag ich.

Fitzi zieht das Gummi ab, zählt die Scheine.

Dann sieht er mich argwöhnisch an, steht auf, lehnt sich übers Geländer und guckt kurz nach der Hochstraße. Dann dreht er sich um und sieht mich an. Er hat das Geld noch immer in der Faust, hat Angst.

Ich will dafür nur nicht in den Knast, Uli, sagt er. Alles andre ist mir egal. Aber kein Knast.

Ich räuspere mich, schüttle den Kopf.

Zehntausend, das sind Peanuts. Dafür kommst du nicht in den Knast, mein Kleiner. Außerdem, für Geldgeschenke unter Freunden ist noch niemand eingefahren. Auch ein Privatkredit ist nicht strafbar.

Du willst noch mehr rausholen?

Ich hol' noch mehr. Ich hol' raus, was ich kann. Verlass dich drauf. Warum sollten wir schließlich anders verfahren als unser Damen und Herren im Stadtrat? Alles stößt sich, oben wie unten. Aber sich gesund stoßen... Wer kann, der kann, Kleiner, sag ich.

Und endlich steckt Fitzi das Geld ein.

Mama Fitz wird klein Fitz wohl so schnell nicht wiedersehen.

Frau Buda

☛ Der Fisch war ein Monstrum, viel zu groß. Entweder stand der Kopf raus oder der Schwanz hing ewig lang drüber. So und so war das nichts.

Aber die Kasserolle musste in den Backofen und der Fisch aufs Gemüse.

Da half nur zurechtstutzen, half nur das Sägemesser.

Und während ich den Fisch wieder aufs Brett warf, hörte ich das Gebell. Der Hundeschwanz peitschte gegen den Spiegelrahmen, wurde endlich leiser.

Bis er draußen an der Garderobe seinen Reißverschluss aufzog. Dann kam er rein, zusammen mit dem Hund. Das heißt, Christ schlich mehr. Er kam jedes mal ganz vorsichtig, als müsste er extra leise sein, weil der Hund so ein Theater abzog. Und erst schob er die Hand an meine ran, bevor er einen Ton rausbrachte.

Der Hund neben ihm hechelte. Aber mehr als ein Kuss war nicht drin. Ich hatte noch zu tun mit dem Fisch und keine Zeit für sein Gesäusel. ‚Hallo Liebes…' Sich anwetzten. Nix da. Weg, der Herr.

Trotzdem war irgendwas anders als sonst. Denn Christ ging gleich weg, holte sein Bier raus, setzte sich an den Esstisch. Und mir war, dass er wartete, bis ich soweit war. Ich merkte es, doch ließ mich nicht stören. Er sollte ruhig warten und inzwischen den Hund streicheln.

Und ich sägte dem Fisch den Kopf und den Schwanz ab. So, jetzt passte das, trat ich zur Seite, öffnete den Backofen und schob die Kasserolle ein.

Der Hund sprang unter Christs Stuhl vor.

Da, hielt ich dem Hund den Fischkopp hin und sah zu Christ, dem die Zunge wie immer im Hals steckte, nicht wusste wie und womit anfangen, sobald er was Wichtiges sagen wollte.

Da halfen ihm auch seine zwei Zentner nicht, und dass er die drei Wasserkisten immer auf einmal rauftrug.

Was für 'n Klotz von einem Holzkopf!

Was für 'n großer starker Pinsel!

Aber er war meiner. Und ich hätte ihn nicht eingetauscht. Nicht für hundert von diesen Bürohengsten, für die er den Affen machte. Nicht für hundert feine Pinkel, denen ich in der Wäscherei die Anzüge reinigte.

Der Hund schnupperte, schnappte aber nicht.

Ich wollte den Fischkopp schon in den Müll werfen.

Da streckte Christ die Hand aus. Ich gab ihm den Fischkopp und sah zu, wie er aufstand und ein Messer aus der Schublade holte.

Ich wollte ihm keinen Druck machen.

Wenn er erst etwas tun musste, damit er vom Nachdenken wegkam und reden konnte - gut.

Mit dem Messer holte er aus dem Fischkopp die Augen raus, bevor er ihn fortwarf.

Dann setzte er sich wieder und gab sie dem Hund, der sie ihm eifrig von den Fingern leckte, erst eins, dann das zweite.

Eine Frau bei uns hat mir Geld angeboten, begann Christ mühsam. Fünftausend Euro, Suse. Bloß damit ich der 'ne Wohnung miete.

Ich stellte das Wasser aus, sah ihn an - seine Augen, seinen geschorenen Kopf mit den dicken Falten auf der Stirn, seine eingezogenen Lippen.

Christ wirkte verlegen, ließ den Hund seine leeren Finger lecken.

Besonders ansehnlich war Christ wirklich nicht. Auch früher nicht. Aber darum ging's nicht. Noch nie. Nur um eins. Es gab da nichts, was er mir verheimlichen konnte. Die Augen ehrlich, die Hände rau. Mehr kann man nicht verlangen.

Eine von den Beamten? Aus dem Rathaus? fragte ich.

Er nickte. Die hat gemeint, sie gibt mir das Geld, wenn ich ihr 'ne Wohnung miete. Für ein Jahr. Die Fünftausend für mich und noch mal zehn für die Wohnung selbst. Also, dass ich der damit die Miete zahl.

Ich schüttelte nur den Kopf, fragte mich, was der Holzkopf da wieder für 'n Bock geschossen hatte.

Irgendwer wollte meinen Christ wohl verladen.

Was ist das wieder für ein Witz? meinte ich. So blöd is doch keiner. Sowas hab ich ja noch nie gehört.

Hab ich auch erst gedacht. Aber die meint das ernst mit dem Geld. So wahr ich hier sitz, sagte Christ.

So? Dann is entweder das Geld faul oder sie hat irgendwas mit der Wohnung vor, was faul is. Du machst das doch nicht? Mach das ja nicht!

Schon, nickte er, doch sah mich hartnäckig an. Und dann wieder…

Gut, reden wir drüber.

Ich setzte mich, packte seine Hand.

Er lehnte sich zurück, zuckte die Achseln.

Specht, heißt die Frau, Ulrike Specht. Sachbearbeiterin, unten bei uns im Bürgerservice. - Vielleicht soll's auch bloß keiner wissen.

Und die kommt auf dich - weil? Ach so.

Dass er keiner von diesen Aktenhengsten war machte mich stolz.

Also wärst du dann sowas wie 'n Strohmann - oder Treuhänder! meinte ich.

Kann sein, keine Ahnung. Würde jedenfalls von ihrem Geld die Miete bezahlen, und keinem was davon sagen. - Im Grund ist da jedenfalls überhaupt nichts Ungesetzliches. Weis ja nicht mal, woher sie das Geld hat. Und da ist ja auch nichts Unrechtes dabei.

Alles in bar? schob ich meine Bedenken kurz beiseite.

So hat sie gemeint. Ich soll morgen Abend bei der vorbeikommen. Weis auch schon 'ne Wohnung - also wenn...

Soso... nein, nein! Das machen wir nicht.

Nicht?

Nein, da is zu viel Undurchsichtiges dran. Christ, du unterschreibst den Vertrag und irgend so 'n Weibstück

treibt, Gott weis was, da drin. Und wenn die Bude ab-
brennt, kriegst du noch die Rübe runtergemacht.

Gut. Ja, stimmt, Suse. Gut. Also dann nicht, zog Chirst
die Hand weg. Trotzdem schade drum, stand er auf,
seufzte, nahm die Leine und ging, vorm Abendessen,
mit dem Hund seine Runde drehen.

Unser Ergebnis schmeckte ihm nicht. Mir auch nicht.

Und der Fisch im Topf kochte immer weiter.

Bis Christ zurückkam, fiel die Fischhaut schon locker
vom Fleisch. Aber noch konnten wir ungestört reden,
noch war die Kleine nicht da.

Der Hund huschte unter Christs Stuhl, und Christ setzte
sich wieder, rieb sich das Kinn.

Ich selber fing noch mal an.

Ich weis jetzt, wie wir's machen, Christ. Die Frau soll
dir 's schriftlich geben. Da bestehst du drauf.

Du meist sowas, wie: Hiermit bestätige ich, dass Herr
Christian Buda mir..., setzte er an.

Der Hund hörte den Oberschrank und schoss unterm
Stuhl vor. Ich machte den Schrank zu, riss die Dose auf
und kratzte sie ihm in den Napf neben der Spüle.

Nein, nein, sagte ich. Besser sowas, wie: Ich, punkt-
punktpunkt, also, wie die Frau heißt, verpflichte mich
für alle Schäden, die in der Wohnung...

Oder: Ich, blablabla, bewohne seit blablabla die Wohnung soundso... nicht gut?

Ich warf den Löffel in die Spüle und stieg über den
Hund. Der fraß mal wieder viel zu schnell.

Alles Quatsch. Nur eins muss da rein. Dass du die
Wohnung nur für sie gemietet hast. Dass du nur das
Geld bezahlst, weil sie das so will! Warum die Frau das
so macht, dass geht dich ja nix an.

Wenn sie's macht! Ich glaub das ja noch immer nicht so ganz, meinte Christ und stützte das Gesicht auf die Faust.

Ach, der Mann war immer so voller Zweifel.

Ich schaltete den Herd runter, setzte mich.

Warum denn nicht? Wenn jemand schon so verrückt is dir sowas anzubieten. Sollen wir uns sowas denn entgehen lassen? Sag?

Christ sah mich an, wackelte mit dem Kopf.

Hey, das kriegen wir schon. Lass mich nur machen, gab ich Christ einen Kuss, dachte an den neuen Wagen, den wir uns davon anzahlen würden.

Und lass dir ja keine Blüten andrehen, die sollen im Moment wieder groß in Umlauf sein, meinte ich.

Der Hund hockte schon wieder unter seinem Stuhl.

Er fraß immer viel zu schnell. Eins war sicher, irgendwann würde er dran verrecken.

Dr. Kitzlig

☛ Erst Verständnis und Vertrauen. Dann sich gehen lassen… Verfallen, ausgeliefert sein…

Aber wie es sich anfühlt…

Es fühlt sich sooooooooooooo gut an! So so gut.

Ich schulde ihr nichts, sie hat nichts gegen mich in der Hand. Aber ich kann mich nicht von ihr freimachen, komme nicht von ihr los.

Weil es sich sooooooooooo gut anfühlt!

Und deshalb bringe ich ihr das Geld. Genau wie sie es verlangt hat. Es ist nur Kleingeld, ein Tropfen im Haus-

halt einer Stadt. Dem Haushalt einer Stadt im General-
umbau, einer Stadt, die sich rausputzen will.

Große Projekte erfordern großzügige Rahmen.

Da gibt es schon mal Parkanlagen ohne Bäume, Schlag-
löcher, auf die man Bahnhöfe baut, Straßenzüge, die
man saniert, noch bevor man sie erfindet.

Die Logik des Haushalts hält für alle Sonderausgaben
gesonderte Budgets bereit, so gesondert, dass sie stets in
kalkulierbarem Prozentsatz so unsichtbar in Neubauten
verschwinden, als wären sie mitsamt den Betonfunda-
menten eingegossen.

Ich kontrolliere die Resorts, ich regle die Ausgaben, ich
segne ab. Nichts ohne mich!

Nein, es geht nicht um diese Almosen in meiner Handtasche, die ich ihr bringe. Es geht darum, dass ich sie ihr
bringe, dorthin wo sie will.

Meine Bereitschaft wundert mich. Wer ist sie denn
schon? Wie kann sie dir je das Wasser reichen? Du bist
Kämmerer einer ganzen Stadt, respektiert, durchset-
zungsfähig, eine erfolgreiche Führungsperson.

Sei wachsam, sie will dich ausnutzen, will…

Ich trage extra meinen kurzen, hellgrauen Rock.

Die Hintertür steht offen. Über den Bürgerhof betrete
ich diese lausige Kneipe, verlangsame meinen Schritt,
halte Ausschau.

Es sind kaum Leute da. Dort, ganz hinten, der Arm…
wie harmlos sie winkt. Ihr Gesicht ist die Ruhe selbst,
das Abbild unbeirrter Beherrschung.

Dass trotz Examen, trotz Potential, nach dem Studium
nichts aus ihr geworden ist als eine Sacharbeiterin im
mittleren Dienst, wundert mich heute noch.

Fast reglos sitzt sie in der Eckbank, lässt mich rankommen. Und natürlich hat sie Bier dastehen.

Ich bleibe stehen, bin nervös wie ein kleines Mädchen, öffne meine Handtasche. Die Mappe.

Mir ist warm vom Laufen, ich bin nervös, sehe mich um. Alles hier nervt. Keine Sekunde sieht sie nach der Mappe, nur fortwährend auf mich.

Mein Blick schweift umher.

Sie hat Hände, schöner als mein Mann.

Warum hier? frage ich.

Ein Ort ist so gut wie ein anderer. Außerdem wollt ich mal wieder Weißbier trinken. Wie wär's? nimmt sie das Maß und trinkt, behält es in der Hand. Setzt dich.

Nein, ich habe keine Zeit.

Siehst gut aus. Setz dich, sagt sie. Was trinkst du?

Nichts, danke.

Sie trinkt das Bier aus, bestellt zwei neue.

Ich bin verärgert.

Ich sagte doch, ich trink keins.

Danke, sagt sie ungerührt und fummelt die Mappe endlich in ihre Tasche. Andrerseits hast du noch immer nicht verstanden, dass nur der was versäumt, der es immer eilig hat. Dein Musikus hat das längst kapiert, der hetzt nicht, der lässt sich für alles Zeit."

Hörst du, ich sagte, ich mag keins!

Es macht mich rasend übergangen zu werden, und noch mehr, wenn ich zu jemandem etwas sage und keine Reaktion erhalte.

Dann trinke ich es selbst, macht sie ein langes Gesicht, zuckt die Achseln und sieht mich aufmerksam an.

Willst du nicht nachsehen? dränge ich.

Ich weis es ist albern, doch ihre Gegenwart hemmt mich. Jedes mal! Im Bauch wird mir flau. Ich fühle mich ertappt, fühle mich klein und schwach.

Schon früher ging's mir manchmal so mit ihr. Doch seit dem Abend bei ihr, als es passierte, nur noch.

Jetzt lächelt sie.

Wenn du meinst.

Es ist zum Verrücktwerden, dass sie mir immer einen Schritt voraus ist.

Sie kramt in ihrer Tasche.

Bis das Bier kommt.

Trink, das macht dich ein bisschen locker.

Nein, ich muss noch fahren, sage ich.

Trink. Oder ich schütt's dir über!

Teilnahmslos nehme ich das Bier, nehme einen tiefen Schluck. Das Bier schmeckt widerlich, wie kaltes Spülwasser. Der Lippenstift ist hin.

Aber sie runzelt die Stirn.

Warum bist du nur immer so angespannt.

Aus demselben Grund, weshalb du immer alles locker nimmst, sage ich, fische ein Tempo aus meiner Tasche und wisch mir den Lippenstift ab.

Richtig, wir können nur voneinander lernen. Genau wie beim Studium. Willst du nicht endlich wissen, was ich damit vorhabe?

Das interessiert mich nicht. Ich bin nicht neugierig.

Nein, nur gierig. Also, auf die Gier. Komm, einen richtigen Schluck.

Sie hebt das Glas, ich trinke mit, setze ab.

Dann legt sie mir ihre Hände auf die Schultern, rückt näher, beginnt sie sachte zu massieren.

Plötzlich liegt ihre Hand auf meinem Knie, drückt, wandert, streicht - mir die Hitze in den Kopf. Erschrocken presse meine Knie, will mich entziehen.

Aber... ich kann nicht....

Ich bin… verwirrt… nicht mehr in der Lage. Und alles mitten in dieser runtergekommenen Kneipe!

Meine heimliche Erwartung wird nicht enttäuscht.

Sie hat Hände… Zauberfinger… Und ich… mein Wille, Widerstand… sind nichts gegen die Macht dieser Finger. Ich… kann nicht fort, nicht sprechen - nur sehen… während meine Erregung wächst… mit dem Ziel dieser Finger… in hilfloser Lust… nur sehen…. im Kitzel vorm erwischt werden!

Ihre Finger… jetzt…. beherrschen mich.

Es fühlt sich….

Ihre Finger… jetzt… halten mich. Zauberfinger!

Und sie säuselt, starrt mich an. Ich… weis es.

Säuselt: Ich sag's dir gern noch mal:

Es fühlt sich…

Du bist keine Dame. Du bist nur ein billiges Luder mit gut bezahltem Beruf und Beziehungen.

Es fühlt sich sooooooo…

Das ist alles. Alles! Alles!

Sie lässt nicht nach.

… soooooo… oooooh Gott!

Diese Sekunden - im Himmel!

Sie… hat mich…

Erledigt!

Siehst du, lächelt sie, zieht ihre Hand unter meinem Rock vor. Erst hattest du keine Zeit. Dann wolltest du nicht trinken. Und jetzt hast du sogar mehr bekommen, als dir zusteht.

Sie steckt die beiden Finger in mein angetrunkenes Bierglas, plantscht im Bier und wischt sie ab am Tischtisch. Dann nimmt sie die Mappe, steht auf.

Falls dich doch noch interessiert, was ich mit dem Geld vorhabe, dann ruf mich an. Und jetzt fahr heim.

So ein extra kurzer, grauer Rock - wie kann so ein Stück Stoff das Vergnügen doch steigern! Und ist es noch so flüchtig… Und bin ich verfallen, selbst ausgeliefert, so ist es doch sooooooooooooooooooo gut!

Knoff

Nach dem Kino gingen wir spazieren am Standbad. Der Rhein war beinah grau wie Zement. Aber sie verdrückte ein Eis nach dem andern. Sie trug ein kleines, blau-weiß gestreiftes Kostüm, ganz wie eine alberne Puppe, wie ein kleiner Matrose. Es musste neu sein. Nur ihre Mutter kaufte ihr normal einen derartigen Schwachsinn.

Der Rhein floss dahin wie Zement, aber mir fiel nichts ein, was ich sie, mein Kind, gefahrlos fragen konnte.

Die dumme Schleife an ihrer Mütze flatterte.

Wir gingen ein Stück weiter, setzten uns, damit sie in Ruhe ihr Eis verdrücken konnte. Das Eis um den Stil wurde immer kleiner, und mir fiel noch immer nichts ein. Und je kleiner das Eis wurde, umso mehr quälte mich meine Unentschlossenheit.

Dann war der Stil zwischen ihren Fingern leer. Das mir leid tat. Denn wieder war eine Chance vertan.

Sie schleckte sich den Mund, warf den Stil in den Müll, setzte sich wieder und gähnte.

Der Rhein war aus Blech, und ich wusste nicht mal mehr wie der Trickfilm hieß, in dem wir vorher gewesen waren.

Gehen wir weiter?" fragte sie und rutschte von der Bank.

Komm, sagte ich. Ich wollte ihre Hand nehmen, aber ich traute mich nicht. Stumm gingen wir weiter.

Die nächste Eisbude kam in Sicht.

Der ausgehängte Wimpel der Eisfirma flatterte im Wind. Genau wie die dumme Schleife an ihrer Mütze.

Ganz automatisch gingen wir auf die Eisbude zu.

Dann blieben wir stehen und sahen uns einen Moment das Plakat mit den verschiedenen Sorten an.

Welches? fragte ich nur.

Aber ihr Gesicht blieb gleichgültig als sie aussuchte.

Der Alte in der Bude grinste dümmlich, gab ihr das Eis und sagte sowas wie: Hier, junge Dame.

Das Standbad war gemacht für Eisbuden, für Chancen um sein Kind weich zu klopfen. Das ganze Strandbad war voll mit onkelhaften Alten in ihren Eisbuden, die dümmlich grinsten und sowas wie: Hier, junge Dame, zu kleinen Mädchen mit ihren leidgeprüften Vätern sagten.

Diesmal ließ sie das Eis eingepackt, bis wir wieder saßen. Ich steckte mir eine Zigarette an, sah auf den Rhein, sah sie an. Ratlos sah sie auf das Eis, dann auf mich, hielt das Eis so lustlos in der Hand wie ein überflüssiges Geschenk. Ihre Stirn unter ihrem braunen Pony zog sich zusammen als würde sie nicht verstehen, was sie in der Hand hielt.

Was ist? fragte ich.

Und sie sagte nichts.

Ganz langsam, wie unter Ekel, riss sie das Eis aus der Verpackung und fing an zu schlecken.

Obwohl sie im Kino ab und zu gelacht hatte, wirkte sie irgendwie traurig. Doch nicht nur jetzt, sondern schon den ganzen Nachmittag über, seit wir beisammen waren. Mit träger Anstrengung bearbeitete sie das Eis, und ich hörte zu, hörte sie schlecken und wischte mir vorsorglich die Augen.

Erbärmlich langsam und zäh wie Brei floss der Rhein an uns vorbei.

Jedes mal, wenn wir uns auf eine Bank setzten, dauerte es länger, bis sie mit dem Eis klarkam.

Sie schleckte, ich rauchte. Und wieder fiel mir kein Thema ein, nichts, was ich sie fragen konnte.

Jetzt bereute ich meine Achtlosigkeit. Noch vor dem Kino hatte ich alle harmlosen Fragen nach Schule und Freunden vergeudet.

Ich lehnte mich vor, quetschte den Zigarettenfilter.

Zum Teufel! Ich wusste nicht wie ich diesem Mädchen, dieser Fünfjährigen, die meine Tochter war, zeigen sollte, dass sie mir vertrauen konnte und ich sie liebte.

Aber ihr Eis schmolz weiter zusammen, bis der blanke Stil wieder keine Hoffnung mehr ließ.

Am Ende hatte sie vier Eis drin.

Ich rauchte auf, trat entschlossen den Stummel in den Sand und drehte mich ihr blitzartig zu.

Tamara…, fing ich an. Aber im gleichen Moment verkrampfte sie das Gesicht, seufzte.

Mir ist schlecht.

Überrumpelt schwenkte ich um.

Dann komm, sagte ich, wir fahren. Ich bring' dich heim.

Unterwegs zu ihrer Mutter kotzte sie in den Wagen, genau auf die Fußmatte zwischen ihren Sandalen. Aber das doofe Kostüm blieb ohne den kleinsten Flecken.

Als sie zu hause ausstieg kniete ich mich hin und wischte ihr die Spritzer ihrer Kotze von den Schnallen ihrer Sandalen.

Hinten war die Haustür, dahinter ihre Mutter.

Ich steckte mein Taschentuch weg, drückte ihre Hand.

Auf Wiedersehen, Tamara. Bis bald, sagte ich. Aber sie war längst nicht mehr bei mir. Die Haustür drängte sie mich loszuwerden.

Als ich ihre Hand losließ, warf sie mir ein schludriges Tschüss zu, eilte zur Haustür und klingelte.

Ich sah wie ihre Tante öffnete, sah meine Kleine grußlos verschwinden, die Haustür zugehen. Dann fuhr ich zur Tankstelle und spülte die Eiskotze von der Fußmatte.

Zuhause setzte mich ins Eck und weinte.

Mein Kind und ich waren uns fremd geworden. Und ich wusste, ich würde nie mehr an sie rankommen. Bis sie alt genug war, um ihre Mutter und mich mit gleicher Kraft zu verachten.

Was konnte mir jetzt noch schaden?

Die Bank? Der Kredit und die Schulden? Das Haus, das an die Bank zurückging? Wertlos. Nichtig.

Das war vor drei Monaten. Die Scheidung gerade amtlich. Und ich saß allein in einem Scherbenhaufen von Dingen, die jetzt nichts mehr bedeuteten. Aber das Schlimmste: Ich war wertlos - benutzt und ent-wertet!

Ent-wertet sein von den Augen, der Stimme und den Worten eines Menschen, für den du alles getan hast, was du tun konntest - für den du durchs Feuer gegangen wärst... es ist scheußlich!!!!!!!!!

Vertrauen ist wie ein Ozean, in dem man den richtigen Tropfen finden muss. Fast ist es unmöglich. Der Panzer, der die eigene Verletzung verbirgt, ist dick.

Aber ich hatte Glück. Ein sagenhaftes Glück.

Kein Mensch hat mir zugehört und sich für mich inter-essiert. Kein Mensch mich verstanden. Weder damals noch die letzten Jahre. Nur Ulrike Specht, mein einziger

Freund. Der Freund, den man erst erkennt, wenn man im Dreck steckt.

Sie hat mich immer wieder angerufen, kam vorbei und hat mich eingeladen, als ich mit meiner Scheidung so in den Seilen hing. Sie hat mir geglaubt. Sie hat mich verstanden. Und die hat mir die Augen geöffnet für die Lügen, in denen wir leben. Die Lügen der Gutgläubigkeit, denen so viele verfallen, weil sie das Elend der Wirklichkeit ignorieren.

Das alles hat Ulrike Specht für mich getan.

Und das wahrhaft Größte daran: Sie hat nichts dafür verlangt. Null!

Schon früher war unser Verhältnis gut. Jetzt ist es wahre Freundschaft. Mit ihr kann man Pferde stehlen.

Auch ich habe da diesen schrecklichen Verdacht. Es ist kaum auszudenken, kaum zu glauben: Wir alle werden betrogen.

Herr Buda

☛ Heut'… für heut' is Schicht im Schacht. Heut'… geht nix mehr. Bin groggy, so richtig groggy wie lang' nicht mehr. Heut'… der Horror! Erst 'ne halbe Stunde Stromausfall im ganzen Haus. Krieg mich mit einem von der Technischen in die Wolle. Als nächstes steigt mir noch der Leiter von der Poststelle aufs Dach, weil bei denen das Scheißhaus verstopft is. Und dann ruft mich noch die Frau an, weil in der Drogerie irgend so'n 10er Pack Kerzen und Einwegrasierer im Angebot sin.

Schreib mir also 'n Zettel. Hetz mir einen ab. Hin in der Mittagspause, den ganzen Plunder einkaufen.

55

Erledigt, denkt man. Aber Pustekuchen. Ruft die Frau noch mal an. Der Hund hätt' Bauchweh, sie müsst zum Tierarzt. Kein Wunder so schnell wie er immer frisst. Und zum Schluss fällt die Sache noch ins Wasser.

Leider... Steh jetzt mit meiner Tüte von der Drogerie an der Haltestelle und es pisst. Es pisst. Das passt... auf heut'... Es pisst, und mir tun wieder die Knochen weh... Frier, bin hungrig, müd' und hab' Schiss - Schiss vor der Frau daheim. Schiss vorm Anschiss... die Knie sind auch kaputt vom Rumrutschen auf dem Boden. Wieder die Eckleisten im 7ten. Die taugen nicht die Bohne. Da müssen die mit ihren Wägelchen immer dagegen rumpeln....

Hab' zwei Zettel in meiner Tasche, die sind ganz eingerollt. Fingere dauernd dran rum. Der eine Zettel is noch vom Einkaufen, auf dem andren steht, wo und wann ich mit der Straßenbahn fahren muss.

Denk an die Frau daheim und fühl mich gar nicht so wohl in meiner Haut. Die Frau daheim, die hockt jetzt garantiert auf glühenden Kohlen. Wenn die erzählt kriegt, dass es Essig is mit dem Geld...

Heut... da gibt's keinen Kuss. Da gibt's eine drüber. Aber knallhart.

Fünftausend... von dem Batzen kann einer nur träumen, bei dem nix rumkommt als kaputte Knie.

Wenigstens kommt die Straßenbahn. Rein und ab.

Die Frau daheim wird schwer enttäuscht sein. Aber wenn die Specht das so nicht mitmacht, wie die Frau das gern gehabt hätt'...

War dort bei der Specht, bei ihr daheim, in ihrer winzigen Wohnung. Das hat dort alles ausgesehen wie im Puppenhaus. Alles so Kleinzeug und geordnet in winzigen Regalen. Hab' sowas noch nie gesehen. Die wollt' mir sogar Bier anbieten. Hab' aber abgelehnt, hab der Specht gesagt, dass die Wohnung in der Nachbarschaft is noch frei is'. Hab' ihr das Papier gegeben. Hab' ihr gesagt, ich mach' das nur mit Vertrag. Hab' alles so gemacht, wie die Frau gewollt hat, genau so.

Aber die Specht. ‚Nix Schriftlich' hat die verlangt. Hat gelacht, wie sie das Papier gesehen hat. Hat schon was getrunken gehabt. ‚Ich muss das schriftlich haben', hab' ich gesagt. Aber die hat den Kopf geschüttelt. ‚Nix Schriftliches.' Davon würd' sie nicht abgehen. Und ich bin nicht abgegangen vom Vertrag.

Na, da war halt nix zu machen. Und deshalb war's im Grund für die Katz und Zeitverschwendung hinzufahren. Bis auf den Hunderter. Hat gemeint: ‚Für die Mühe.'

Für die Mühe… Schöne Mühe. Wollt eigentlich nix. Wollt aber auch kein Idiot sein. Hab's also genommen.

Muss jetzt gleich raus. Raus und heim.

Die Haustür auf, rauf. Will mit keinem mehr quatschen, nur och meine Ruhe… heut'.

Das Treppenhaus is' ganz beleuchtet. Unser Teufel langweilt sich wohl, dass er jetzt noch die Treppe wischt. Kriecht über die Stufen, putzt wie besessen. Vorbeischleichen geht da nicht. Begrüß ihn also. Er zurück. Und dann er: Oh, Herr Buda. Is' Ihnen schlecht. Sie sehen ja aus…

So ungefähr, sag ich, steig vorbei und zeig auf die Treppe: Jetzt brauch ich nur noch zu fallen.

Unser Teufel: Erst guckt der mich ganz überrascht an, will irgendwas sagen. Drückt aber nur den nassen Lappen. Und weil er sich mit dem nassen Lappen nass macht, fällt ihm ein, dass er mit dem Lappen doch was vorhat und besessen is'. Also hält er 's Maul und wischt wieder. Aber bin schon oben, hör's schon bellen hinter der Tür. Hab' noch nicht den Schüssel abgezogen, als die Frau schon parat steht.

Und, hat's geklappt? fragt die Frau.

War nix, sag' ich und geb' ihr die Tüte.

Wie, was? löchert mich die Frau, geht um mich rum wie 'n Detektiv.

Eben nix, sag' ich.

Die Jacke aus, ab in die Küche. Setzen. Die Frau stracks hinterher, tritt mir fast auf Hacken.

Mir is gar nicht wohl. Krieg' gleich eins drauf.

Warum? Warum denn? bohrt die Frau, kann's gar nicht begreifen.

Hol' das Portemonnaie, den Hunderter raus, geb' ihr den Hunderter.

Ja, und? fragt die Frau und hält den Hunderter.

Hat die mir gegeben, sag' ich.

So? Hat also nicht geklappt!

Seh', wie die Frau sauer wird, merk, wie die Frau kocht. Aber den Hunderter steckt sie gleich weg.

Die wollt das so nicht - leider, sag' ich, drück dem Hund die Schnauze weg und zieh die Schuhe aus. Und die Frau wird lauter: Warum nicht? Sag! Sag's mir! haut die Frau auf den Tisch. Ihr kleines Doppelkinn zittert.

Was soll ich sagen? Die wollt nicht, nix Schriftliches hat sie gesagt, zuck' ich die Achseln.

... nix Schriftliches, nix Schriftliches, macht die Frau mich nach und zuckt auch die Achseln. Is' stinksauer. Und ich denk: Heut...

Und die Frau: Was kümmert mich diiiieeee. Du hast's vermasselt, Herr Buda. Sonst keiner! Und dann lässt du dich damit abspeisen? holt sie noch mal kurz den Hunderter raus.

Ja, ich hab's vermasselt, geb' ich sofort klein bei. Ich geb's zu, geb' alles zu... heut'. Bin viel zu groggy, um was abzustreiten. Häng auf'm Stuhl, wie'n Schluck Wasser in der Kurve. Nick' und geb's zu, geb' zu, dass ich's vermasselt hab', geb' alles zu. Will nur noch meine Ruhe... heut'.

Aber so schnell kriegt die Frau sich nicht ein, noch lang nicht. Muss noch immer dasitzen, den Kopf einziehen und schuld sein. Mach' keinen Muckser mehr... heut'.

Den Hunderter rauszuholen war 'n Fehler. Der macht sie nur noch wilder.

Fünftausend - einfach ins Klo gespült! heult die Frau. Sieht aus, als wenn sie mir gleich an den Hals springt.

Dich sollt' man wirklich... ballt die Frau die Faust und hält sie mir unter die Nase. Ach, du Trottel!

Sie stöhnt, winkt ab.

Mama? ruft die Kleine. Der Krach hat sie aus ihrem Zimmer gelockt.

Dein Vater - so ein Versager! jammert ihr die Frau vor. Krieg' jetzt mein Fett erst recht weg. Gleich von zweien.

Stell' dir vor, dein Vater, der hätt' nur einem beim Umziehen helfen müssen. Da hätten wir fünftausend Euro gekriegt. Und was macht er? Lehnt einfach ab. Dein Vater, den kann man nichts heißen. Kein bisschen Mumm. Lässt sich abspeisen mit hundert Euro. Jetzt können wir den neuen Wagen abschreiben.

Neuer Wagen? fragt die Kleine.

Trottel, Trottel! stöhnt die Frau und zieht den Stuhl zurück. Hockt sich hin und fasst sich an den Kopp.

Seh' zu der Kleinen. Hat erst gestaunt und große Augen gemacht. Jetzt hängen ihr die Mundwinkel runter.

Der Kleinen passt das Ganze gar nicht: die Frau, die den Kopf schüttelt, ihr Vater, der nur dahockt und das Maul nicht mehr aufkriegt.

Angewidert geht sie ab. Die Zimmertür schlägt zu.

Auf einmal ist's still.

Jetzt muckst sich gar keiner mehr. Die Frau hat sich ausgejammert, is erschöpft. Sogar der Hund hat aufgehört mit dem Theater, legt mir den Kopf aufs Knie.

Streichel' dem Hund den Kopf. Warte bis die Frau die Hand von der Stirn nimmt. Nimm sie am Arm, dass sie schnauft und aufsteht.

Die Frau schimpft zwar nicht mehr, aber sie hat's noch immer nicht verwunden. Knallt mir stur den heißen Teller mit was Überbackenem hin. Knallt ihn hin. So.

Sagt: Da, dein Essen.

Sonst sagt sie nix mehr. Die sieht mich nicht an, geht nur raus, macht auf beleidigt.

Ärger… Ärger is alles, was einem blüht, der nix auf der Kette und nur kaputte Knie hat.

Und ich guck auf den Teller, guck mir den Hund an.

Sieht aus… der hat heut' auch schon was hinter sich mit seinem Kotzerei und dem verkorksten Magen.

Sieht heut' aus, der Hund… wie ich.

Heut'… heut' is wirklich…

Einsmayer

☛ Übers grelle Licht der Korridore dringen keine Geräusche. Keine Geräusche durch die Betonwände und Stahltüren. Die Tage unter der Stadt vergehen unabhängig von draußen. Vergehen losgelöst vom Regelwerk der Elemente. Ohne Sonne, Wind und Regen.

Nur die Augen und Hände bestätigen die eigene Anwesenheit. Damit du selbst weist: Ich bin noch da. Weist du's noch? Du bist da und bist doch nicht da. Du bist - vielleicht schon das nächste Dokument, das man dir zuschickt. Die nächste alte Akte, die noch aufzuarbeiten ist.

Zugeschickt. Abgeschickt. Eingelagert.

Einmal die Woche steht das Wägelchen vor der Tür. Das Wägelchen ist vollgeladen mit Aktenstapeln und Ordnern. Du kommst raus, schiebst es vertrottelt ins Zimmer.

Und dann fällt wieder die Tür zu.

Du darfst nicht alles glauben, was andere glauben: Denn du bist hier! Nicht die Antarktis ist der einsamste Ort auf diesem Planeten, sondern die Tür hinterm Archiv. Keiner beachtet diese Tür. Denn niemand kommt hier vorbei. Nur jemand, der sich verirrt hat.

Was würde jemand denken, der hier vorbeikommt?

Er würde denken: Da ist eine Tür. Und Türen sind zum Durchgehen. Könnte man da nicht mal durchgehen? Nur mal aus Neugier. Nur um zu sehen, was auf der andren Seite der Tür wartet?

Aber nein, würde er denken: Da geh' ich nicht rein. Wer weis, was da drinnen auf mich wartet.

Ich bin mittlerweile überzeugt, jeder der hier vorbeikommt würde denken: Da drinnen spukt's!

Mal abgesehen davon, dass diese Tür auch nicht besonders interessant aussieht. Grauer Stahl. Genau wie jede andere Kellertür. Dahinter ist mein Platz. Der Schreibtisch eine meterhohe Burg aus Papier.

Zugeschickt. Abgeschickt. Eingelagert.

Eines Tages - ich glaube, das war zu jener Zeit, als wir gerade die ersten Computer bekamen und ich noch ein Frischling war -

Eines Tages - das war noch unterm alten Friedrich, einem ehemaligen Bürgermeister. Längst vergessen. (Keine Ahnung wer jetzt dran ist).

Eines Tages - es kommt mir vor, als wären seither 100 Jahre vergangen -

Jedenfalls sagte da jemand, der wohl mein Vorgesetzter war, zu mir: Sie, Herr Einsmayer bekommen die Kassation im Archiv!

Aha, sagte ich und schluckte. Mir war mulmig.

Sicher, eine enorme Verantwortung gegenüber die Nachwelt. Bei der Entscheidung, welche Schriftstücke aufbewahrt werden.

Das unten im Keller, im Keller unterm Unterkeller, da ist's schön ruhig, gemütlich, abgeschieden. Da können Sie sich für ihre Aufgaben richtig Zeit lassen, meinte dieser jemand und pries den Posten wie Sauerbier.

Danke, sagte ich. Ich werde mein Bestes geben. Verlassen Sie sich ganz auf mich.

Ich weis noch, der Betreffende zu dem ich es sagte, also dieser mutmaßliche Vorgesetzte, lachte daraufhin, bevor er nickte und: Schön, sagte.

Schön, sagte er und lachte.

Ich habe schon überlegt, wie er aussah. Aber das ist alles von ihm, woran ich mich erinnere.

Dann stieg er mit mir in den Aufzug und wir fuhren ins Untergeschoss, nahmen noch eine Treppe. Weiter abwärts in die Tiefe, immer tiefer. Bis ganz nach unten, quasi unter die Stadt.

Die Korridore waren lang und still, die Wege weit, das Kellerlicht künstlich, die Wände roh, die Decken verkabelt und voller Rohre.

Unsre Schritte hallten uferlos übers graue Linoleum.

Irgendwo in der Ferne quietschte ein unsichtbares Wägelchen.

Die Ägypter bauten Pyramiden, die Römer Aquädukte. Was bauen wir? Wolkenkratzer. Und darunter Tiefgeschosse, graben uns unter die Erde. Sind wir Babylonier? Sind wir Maulwürfe?

Sagen Sie, wer hatte den Posten eigentlich bisher? fragte ich.

Oh, das weis ich nicht, ehrlich nicht. Aber das ist eine sehr interessante Frage? meinte mein Vorgesetzter. Die sollten Sie sich merken, bis Sie ihnen jemand hier unten beantworten kann, Herr Einsmayer.

Dass mein Vorgesetzter so ausweichend antwortete, störte mich nicht. Nur sein kurzes zweideutiges Zwinkern irritierte mich damals. Aber sein Blick schwenkte sofort wieder nach den Tafeln mit den Raumnummer.

Und plötzlich hielten wir an. Mein Vorgesetzter holte die Schüssel vor, schloss auf. Der Türgriff quietschte, die Stahltür kreischte. Aber er öffnete sie nur ein Stück, nicht ganz. Die Luft, die uns von drinnen entgegen strömte war warm und abgestanden und roch alt.

Mein Begleiter hatte es nun unbegreiflich eilig.

Hier, ihre Schlüssel, sagte er. Viel Glück, Herr Einsmayer. Machen Sie's gut. Zum Abschied hatte er es so eilig, dass er mir mir die Schüssel samt Handschlag überreichte.

Einen Augenblick betrachtete ich die Schlüssel und die halb geöffnete Tür.

63

Als ich mich wieder im Korridor umsah, war mein Vorgesetzter schon spurlos verschwunden. Verschwunden von der einen auf die andre Sekunde. Als wäre er nur ein Geist gewesen.

Ich schüttelte den Kopf, stieß die Tür auf und tastete im Dunkeln an der Wand lang.

Und dann ging das Licht an.

Und wie eine Erleuchtung und ein Schauder, quasi Schicksal und Erkenntnis in einem, stand das Bild des kleinen stickigen Raums vor meinen Augen.

Es war das erste mal, dass ich den Schreibtisch sah.

Der Weg dorthin war schmal, weil zugebaut mit wackligen, kniehohen Stapeln aus Ordnern und Mappen. Nahezu jede freie Stelle war zugebaut mit Tonnen von Dokumenten. Und in den Ecken hingen Spinnweben. Fingerdick eingestaubt.

Und da wurde mir klar, weshalb die Kassation so tief im Keller lag, an einem Ort, an den kein Sonnenstahl mehr vordringt. An einem Ort der Hoffnungslosigkeit. Hoffnungslos, da mein Werk, das Archivieren, nie ein Ende nehmen würde, solange über mir noch eine Stadt stand. Hier, ganz unten, im Untergrund, konnte das Gewicht der Dokumente, konnte das tonnenschwere Gedächtnis der Stadt nicht mehr durch die Decke brechen.

Soviel war gewiss.

Und dass du selbst beim Archivieren - und sollten tausend Jahre dazu vergehen und noch fünf LKW an Dokumenten mehr kommen - dass du selbst nicht durch die Decke brechen kannst - das war schon eine enorme Erleichterung.

Also ging ich ans Werk.

Zwar verlor ich bald etwas den Überblick, doch meine Dankbarkeit für diesen Posten, meine Dankbarkeit gegen die Vorgesetzten, deren Namen ich vergaß -

Ja, ich war dankbar!

Du weist, schon allein abgelegte Erinnerungen zu verwalten ist schwer. Und deine Erinnerung ist nur nur klein. Aber jetzt stell dir vor, du wirst zum Gedächtnis einer ganzen Stadt!!!

Wer ist du? Wer oder zu was wirst du? Zum Aktenschrank? Zur Datei? Bist du noch da?

Zugestellt. Abgeschickt. Abgelegt.

Wer bin ich? Bin ich noch?

Ich - bin noch hier, sitze und archiviere. Ich - der Mann, der vergisst und bewahrt, mich vergisst und dich bewahrt... der Mann, das Hirn unterm Zement... ich-Zement!

Unter der Stadt ist alles anders. Unter der Stadt gibt es keinen Tag, keine Nacht. Es gibt keine Hoffnung, keine Verzweiflung unter der Stadt. Es gibt nichts zu holen oder zu gewinnen, kein Geld, keine Macht, keine Liebe - unter der Stadt. Hier, unter der Stadt, gibt es nur die Beständigkeit, mich und den Zement.

Nur ein Moment der Unachtsamkeit - unter der Stadt - und der Zement zerfällt. Nur ein falsches Dokument, und es stürzt die Stadt unter die Stadt.

Hier, unter der Stadt, sind wir allein mit dem Gedächtnis der Stadt. Hier, unter der Stadt, im Zement, sind wir jenseits von Gut und Böse.

Und ich, so meine Aufgabe, halte die Stadt unter der Stadt.

Vergehen auch ganze Tage, ohne dass du die Sonne siehst - vergehen sie. Vergehen auch ganze Wochen, ohne dass mit jemandem nur ein Wort sprichst - vergehen sie. Vergehen auch Jahre, in denen du dich selbst vergisst - sie vergehen.

Lass sie vergehen!

Denn wisst: es steht geschrieben, nicht gesprochen.

Denn wisst: Reden und gehen, das ist nur Fassade. Aber schweigen und tun das Fundament.

So tu, Herr Einsmayer, was getan werden muss!

Ich - sortiere, langsam, gewissenhaft, unendlich.

Ich - vergesse. Ich - erinnere. Ich - bewahre. Hinter dieser Tür.

Am Ende jeden Monats muss das Wägelchen mit den endgültigen Archivdokumenten raus, die Säcke mit dem vernichteten Papier verschwinden.

Ganze Jahre können dabei vergehen, ohne dass....

Aber dann öffnet sich plötzlich wieder mal diese Tür.

So wie vorletztes Jahr oder einige Jahre vorher.

Diese Tür öffnete und öffnet sich, und irgendein fremdes Wesen steckte und steckt den Kopf rein. Und irgendwas, das aussah, aussieht wie ein Mensch - zwei Ohren und eine Nase - ließ, lässt sich blicken.

Ich erkenne - wieder. Ich weis - wieder.

Das Wesen kann sprechen.

Im Gegensatz zu mir.

Jedes mal bin ich unvorbereitet, quasi gelähmt. Denn einsame Jahre rechnen nicht mit Besuch.

Und das fremde Wesen sagt nur: Oh, entschuldigen Sie, und schließt wieder diese Tür. Während mir noch der Mund offen steht.

Zugestellt. Abgeschickt. Abgelegt.

Wer war das? überlege ich dann - für die nächsten Monate. Bevor mein Fazit wieder mal untrüglich feststeht: Wieder hat irgendjemand sich im Keller verirrt.

War nicht *wieder* und *irgendjemand* die Regel?

Eine andere Möglichkeit, *nicht wieder* und *nicht irgendjemand* gibt es nicht. Nicht hinter dieser Tür, im Zement unter der Stadt.

Baba Papatya

☞ Ah, das ist ein Scheiß! Verdammter Gökmen! Der ganze Kleber am Schuh. Die Zeitung, alles versaut.
Was macht der da für Scheiß! Sagt er kann das.
Frag' ich: Kannst du tapezieren, Gökmen?
Dummer Gökmen.
Sagt der JA, und macht dann voll den Scheiß.
Warum hab ich den Gökmen nur machen lassen?
Was machst du? frag' ich den Gökmen. Alles dreckig hier, voll mit Kleber. Mein Schuh. Guck. Du hast doch gesagt, du kannst das!
Aber der Gökmen guckt mich bloß an. Hat einen Hut aus Papier auf dem Kopf, der Ochse. Tut wie wenn alles in Ordnung is.
Wieso? Ich mach' doch alles richtig. Siehst du?
Ja, ich seh', sag ich. Nix is in Ordnung.
Zieh ich die Brille auf und geh ganz an die Wand. Damit der sieht, dass das mit der Tapete Scheiß is.
Der soll sehen, dass das Scheiß is, was der macht.
Hier, das stimmt nicht! zeig ich mit dem Finger. Da is der Rand von der Tapete über dem Rand von der anderen Tapete. Und dann is noch alles schief.
Voll der Scheiß!
Das ist alles richtig? Das ist doch Scheiß, sag' ich.
Was denn? sagt der Gökmen. Der steigt von der Leiter und kommt her. Neben mich.

67

Das, das ist doch gut, meint der.

Nein, das ist nicht gut. Das is Scheiß. Guck doch da, die Kante… Und da oben, sag ich. Da, guck! Da is eine Blase.

Aber der Gökmen, der Ochse, guckt mich nur an. Der weis gar nicht, was ich mein. Der kapiert gar nicht, was der für einen Scheiß macht. Macht da voll den Scheiß und meint noch er kann das.

Ach, mach weiter, sag' ich.

Wink ich ab und hock ich mich wieder an den Schreibtisch.

So ein Scheiß! Das mach ich nicht mehr.

Wenn wieder mal das Büro renoviert wird - da braucht man richtige Leute dafür. Handwerker. Kein Gökmen, der nix hinkriegt und nur Scheiß macht. Der kann gar nix, der Gökmen.

Wenn wieder mal, dann alles auf einmal. Egal, wie viel ich bezahl. Dann is das wenigstens richtig, und nix klebt, und die Tapete stimmt.

Schon drei Tage jetzt die Decke, und der Gökmen kriegt nix hin. Der kommt her, sagt, er macht jetzt die Decke. Sagt, der Schreibtisch muss da weg.

Also tun wir den Schreibtisch dorthin, an die Tür. Gut. Da fängt der an, macht die Hälfte. Gut. Dann kommt der wieder her, sagt, er macht jetzt hier weiter.

Also tun wir den Schreibtisch hierher. Gut. Da fängt der auf der andern Seite an. Gut. Ich sitz' am Schreibtisch und arbeite. Und da kommt die scheiß Tapete auf mich runter. Kommt runter. Und da is soviel scheiß Kleber drauf. Viel zu viel. Und das klebt und mein Kittel is versaut.

Verdammter Gökmen!

Gökmen, du Arschloch, sag ich. Was ist das hier? Hast du das nicht angeklebt?

Und der fasst sich nur unter seinen Papierhut.

Für was so ein dummer Papierhut, wenn der noch gar nicht streicht?! hab' ich noch gedacht.

Da sieht man, der weis und kann gar nix, der Ochse!

Aber der Gökmen - der denkt noch immer, der kriegt das hin.

Der Schreibtisch muss noch mal weg, meint er.

Also tun wir den Schreibtisch wieder rüber, an die Tür. Gut. Aber dann reißt der Dummkopf wieder die ganze Tapete von der Decke. Reißt alles ab! Alles für die Katz.

Verdammter Gökmen!

Ich dreh' noch durch mit dem Dummkopf. Macht voll den Scheiß und tut noch, als wäre alles okay.

Nix is okay! Schon zwei mal neue Rolle und Kleber, weil der in meinem Büro alles kaputtreißt, der Dummkopf.

Überall Schnipsel, da der Dreck und alles stinkt vom Kleber. Meine Blumen auf der Fensterbank gehen bald kaputt, wenn der so weitermacht.

Wie soll man da arbeiten? Muss ich Termine, Rechnungen, Mahnungen machen! So kann man nicht arbeiten. Und mach' ich aber das Fenster auf, fliegt alles weg. Fliegt alles weg, weil der Scheiß nicht richtig klebt.

Wie lange brauchst du noch, was denkst du? frag' ich. Der Gökmen guckt von der Leiter. Seh ich, dem is alles scheißegal. So wie der nur Scheiß macht, so is der auch sonst drauf.

Ja - so zwei Tage, meint der, wackelt mit seinem dummen Kopf mit dem dummen Papierhut - und grinst noch. Der Dummkopf. Denkt, das is lustig. Glaubt, der kann alles machen. Und ich sitz bis dahin im Dreck? Aber so nicht. Nix mehr. Jetzt is genug, denk ich.

Morgen Abend bist du fertig mit dem Scheiß, oder du fliegst raus! sag ich.

Aber der: Gut. Sagt der. Nur ‚gut', und macht wieder an der Decke rum.

So ein Dummkopf - aber gut, wenn dem das egal is - mir jetzt auch egal, ob ich den noch brauch, denk ich. Für mein Geld kann ich einen andern kriegen, der mein Geld von den Leuten wieder holt. Es gibt genug Gökmen. Überall gibt es so wie der Gökmen. Genug Ochsen, die für Baba arbeiten wollen.

Bin ich Baba, der König vom Hemshof? Bin ich nicht?

Weis ich noch keinen, aber krieg ich bestimmt einen andern. Der kann auch nicht schlechter tapezieren und so Scheiß machen wie du, Dummkopf.

Verdammter Gökmen! Mit dem hab ich mir was angetan. Dass ich den genommen hab. Mit dem Scheiß, wo der macht, da hat man nur Stress.

Da, jetzt klingelt es noch an der Tür.

Normal muss der Gökmen, aber der -

Geh ich halt selbst und mach auf.

Kundschaft: Da steht der Fitzi.

Oh, Fitzi, sag ich und nehm' seine Hand. Gut, dass du da bist. Na, kommt rein.

Aber der Fitzi, der is diesmal nicht allein. Mit dabei is so ein Typ, der sieht aus wie einer von der Bank. Ganz steif, steifer Typ. Anzug und Krawatte. Kenn' ich nicht. Aber was soll's. Kann nicht jeden kennen. Und der hat was. Sagt nix, nickt nur. Nicht so wie der Fitzi! Der hat immer nur Scheiß an und labert auch viel Scheiß.

Ja, da bin ich, Baba, sagt der Fitzi.

Der is immer so verlegen, wenn er zu mir kommt.

Na, das ist nur normal. Hast du Schulden - das is nie schön. Aber wenn man Geld braucht und keins hat, braucht man Geld. Dann kann man leihen. Man leiht bei der Bank, oder -

Bei mir kann man auch spielen. Poker. So kann man gewinnen oder verlieren - wie der Fitzi letztes mal.

Aber wer Geld braucht, der verliert. Immer. Wer kein Geld braucht, der gewinnt. Immer. Hast du Druck: du verlierst. Is dir alles scheißegal: du gewinnst.

Dass der Fitzi selber kommt is schön.

Er hat seine Schulden nicht vergessen.

Ja, Fitzi, ich wollte schon zu dir, meine ich. Aber nein, hab ich gedacht. Nein, der Fitzi kommt.

Das ist mein Freund, Baba. Marius, meint der Fitzi. Der will auch ein Geschäft machen.

Der Typ im Anzug nickt.

Jetzt bin ich ja da, grinst der Fitzi. Und ich auch.

Ja, da bist du. Und alles hier is durcheinander. Aber kommt, lass ich die zwei in mein Büro, setz ich mich hinter den Schreibtisch.

Neuer Umbau, neue Tapeten, neuer Tisch. Alles neu. Alles für dich, sag ich zu Fitzi.

Der Typ im Anzug bleibt neben Fitz stehen.

Hier, guck, Baba, meint der Fitzi stolz, greift in die Tasche und holt ein ganzes Geldbündel raus. Das sind alles hundert Euro.

Oh, du hast eine Bank überfallen, ja?

Geerbt, sagt der Fitzi.

Gökmen, ruf ich. Hörst du. Der Fitzi is jetzt reich. Du bist jetzt ein reicher Mann, ja? sag ich zu Fitzi und zähl das Geld nach, dass er mir hinlegt. Sogar die Hundert Euro Zinsen vergisst er nicht.

Schön, Fitzi, sag ich und seh wie er das Geld wieder einsteckt. Wenn du jetzt ein reicher Mann bist, vielleicht willst du dann richtig spielen? Wieder ein bisschen Poker, ja?

Der Fitzi denkt kurz nach.

Ich und du, und wer noch? fragt er.

Du, ich und noch ein Clown. Du bringst Zehntausend mit und wir spielen, ja?

Nur wir drei?

Reicht nicht? Gut, bringst du auch noch einen Clown mit, ja? Aber nur einer! Dann sind wir vier. Vier Clowns? Clowne?

Clowns, meint der Typ neben dem Fitzi.

Gut, sag ich.

Er hier, Baba. Er is mit dabei, meint der Fitzi.

Der? Geht nicht. Kenn ich nicht, sag ich.

Geht nicht? Der kennt dich auch nicht. Also?

Sag ich: In Ordnung. Bringst du auch zehntausend mit. Kannst du mitspielen. Aber nicht mehr Leute, Fitzi! Samstag, ja? Gut. Wieder, wo die Billard spielen, ja? Gut, sag ich und guck zu dem Typ. Aber der Typ steht nur da. Ganz steif, steifer Typ. Guckt und wartet. Sagt kein Wort der Typ. Hat nur ‚Clowns' gesagt. Gefällt mir.

Knoff

Von meinem Schreibtisch konnte ich zusehen, wie sie ankamen. Zuerst Buda, unser bulliger Hausmeister. Mit Schraubenzieher. Und er fing sofort an eifrig am Türschild zu schrauben. Dann kam der Alte mit seinem leichten Hinken. Und schließlich er, Geburtstag, diese dreckige Ratte.

Der?

Ich sah, was los war. Damals, als ich noch glaubte, Papier sei zerreißbar und Moral eine unantastbare Größe. Damals dachte ich nur:

Abteilungsleiter? Der? Diese Ratte? Wieso nicht ich? Ich hätte es verdient, nicht er. Wer hat sich hier jahrelang den Arsch aufgerissen? Ich! Sonderaufgaben übernommen? Ich! Wer hat hier tausend Überstunden geschoben? Ich! Unentgeltlich. Ich! Ich! Ich! Nicht diese Ratte! Nein, das ist nicht richtig! Das ist nicht korrekt! Heute denke ich:

Nicht Papier, sondern Moral hat seinen spezifischen Zerreißpunkt. Direkt zwischen Eitelkeit und Gewissen. Zerreißt man sie erst mal von oben nach unten, reißt sie durch (genau wie ein Blatt Papier), erhält man zwei Hälften, die kaum noch zu kleben sind.

Denn man erkennt die Wirkung und sieht die Rissstelle!

Damals hasste ich aus Neid. Ich wollte mich besser machen, als ich bin.

Heute beneide ich nicht mehr, was ich verachte. Ich hechle nirgendwo mehr hinterher. Ich weis jetzt, wer sich besser macht, als er ist, der rennt noch im Nebel rum. Der hat die Lügen unsres Systems nicht begriffen. Die Lügen, die wir nur *auf andere* und zum eigenen Vorteil anwenden.

Aber niemand hatte in diesem Moment die Sicht, wie ich sie vom Schreibtisch hatte. Diesen Logenplatz.

Gleich darauf gingen sie also rein.

Vorneweg der Alte. Dahinter Geburtstag, getragen vom selbstgefälligen Schritt des Siegers, der siegreichen Ratte, für die von jetzt an jeder in der Abteilung springen würde.

Wahrscheinlich hatte er für seinen bevorstehenden Auftritt vor versammelter Mannschaft stundenlang zuhause geprobt - für seine Einführungsrede als empor gediente Ratte. Dass ich nicht der einzige war, der so dachte, gab mir Auftrieb.

Abteilungsleiter? Diese Ratte?

Ich schoss hoch vom Schreibtisch, spannte entrüstet meine Brustkorb an und grinste vor Wut. Dann schob ich mich langsam durch die Tür, schräg über den Gang, immer auf das Schild neben der Tür zu, während mein wütendes Grinsen zunahm.

Der durchsichtige Plastikaufsatz war schon abge-schraubt, als ich dicht davor stehen blieb und dem Wechsel unsres Hausmeisters beiwohnte.

Sicher, wer hatte hier eigentlich was verdient? Aber Ratten, die Kollegen verraten noch belohnen? Das war für mich ein Schock, von dem ich mich nie mehr ganz erholte.

Drinnen im Büro quatschten sie. Die Tür stand offen.

Aber das kümmerte mich jetzt nicht. Nur das Schild des Abteilungsleiters war wichtig. Der vergilbte Namenstrei-fen des Alten steckte in einer breiten Rille.

Unser Hausmeister zog ihn raus und steckte ihn in die linke Brusttasche, bevor er den neuen einschob.

Schadenfroh beobachtete ich, dass der Plastikaufsatz noch schmutzig war und den frischen Streifen ebenso vergilbt aussehen ließ, wie den des Alten.

Tonlos zog unser Hausmeister daraufhin mit dem Schraubenzieher ab.

Ich rückte an seinen Platz, starrte noch einem Moment aufs Schild, auf dem deutlich Geburtstags Namen stand: A. Geburtstag stand dort. Dabei hätte dort Ratte stehen müssen. Stand nicht. Aber das war egal. Denn ich kann-te die Wahrheit. Die Maschen, mit denen er diesen alten Trottel eingewickelt hatte.

Dann schob ich mich vor, zur offenen Tür. Halb verdeckt vom Rahmen und der Wand, sah ich ins Büro.

Der Alte stand mit dem Rücken zu mir und redete, während Geburtstag schon vor ihm an seinem Schreibtisch saß. Geburtstag hatte Oberwasser. Unaufhörlich gab der Alte ihm Anweisungen, die Geburtstag ohnehin an andere weitergeben würde.

Trotzdem betrachtete Geburtstag den Alten mit streberhafter Aufmerksamkeit. Vielleicht eine Sekunde, einen winzigen Moment, wurde er aber durch mich abgelenkt. Und genau diese eine Sekunde lang, genau so lange wie sein Blick mich steifte, wechselte seine selbstgefällige Miene zu der des überführten Betrügers, der erwischen Ratte.

Jetzt konnte ich gefahrlos reinschneien und dem Alten in die Parade fahren. Ich unterdrückte meine Wut, verwandelte das Grinsen in die glatte, zahme Freundlichkeit des Kollegen und schwenkte um die Türschwelle.

Guten Tag, Herr Geburtstag, und herzlichen Glückwunsch, sagte ich freundlich, ohne den Alten groß zu beachten.

Für mich war der Alte sowieso gestorben. Nur noch ein ausgelutschter Kaugummi, ein Kippenstummel, den man noch nicht ausgespuckt, noch nicht richtig ausgedrückt hatte.

Um meine Glückwünsche verbindlich zu bekräftigen, bot ich Geburtstag meine Hand an und sah ihm dabei fest in die Augen.

Ich war freundlich, stink… nein, scheißfreundlich.

Geburtstag räusperte sich, tat verlegen, als er sie schüttelte und seinen Anstandssatz, sein geschmeidiges: Danke, Herr Knoff, säuselte.

Aber mich konnte er damit nicht einwickeln, so wie den Alten. Mich nicht. Und der Alte nie mehr.

Vielleicht begriff er in diesem Moment, als ich ihm in die Augen sah, sogar, dass ich ihn durchschaut hatte. Begriff, dass er wirklich das war, was er in meinen Augen sah: eine dreckige Ratte.

Wenn Sie etwas brauchen sollten - ich stehe Ihnen natürlich gern jeder Zeit zur Verfügung, drehte ich mich beim Rausgehen nochmals um. Geburtstag sollte ruhig merken, dass man ihn durchschaut hatte, ohne dass er etwas dagegen unternehmen konnte.

Ich war noch immer freundlich, ungeheuerlich freundlich, stink - ja scheißfreundlich. Aber ich musste mich beeilen, die Wut war wieder im Anmarsch und betäubte mich.

Es gibt ein Stadium von Wut, das ab einem bestimmten Zeitpunkt keine Kontrolle mehr zulässt. Dann brechen seine Symptome durch. Erst zittert man, dann spannen sich Stimmbänder und Fäuste zur Entladung.

Das ist das erste Stadium.

Es folgt die eigeschränkte Wahrnehmung. Das Objekt der Wut absorbiert die Umgebung. Das nennt man allgemein Rot sehen.

Das ist der Übergang zum zweiten Stadium der Wut. Als nächstes gibt es zwei Möglichkeiten. Die Explosion oder die Implosion. Der Wutträger schreit rum und/oder haut dem Objekt seiner Wut schlicht auf die Fresse. Die Wut kommt raus. Das ist, ganz klar, die Explosion. Das Gängige, das jeder Prolet und Straßenidiot kennt und zuweilen ausübt. (Ich nehme mich da selbst nicht aus.)

Die Implosion dagegen ist interessanter. Sie ist verschleppt. Die Umstände hemmen den Wutträger seiner

Wut freien Lauf zu lassen. Existenzangst gewissermaßen, die zu heftigem Ekel führt. Hier geben nicht Stimme und Fäuste des Wutträgers den Ton an, sondern sein Bauch.

Und bei mir fühlte es sich nun an wie ein unterdrückter Schwall Kotze, der einem unweigerlich aus dem Hals schießt.

Im ersten Moment, als ich aus dem Büro unsres neuen Abteilungsleiters trat, hatte ich keine Ahnung, wohin ich eigentlich ging.

Ich hatte nur den Gang vor Augen, die Hilflosigkeit des Verratenen, der sich selbst tatenlos zusehen muss, wie er ertrinkt. Ich ging weiter, öffnete eine Tür. Schließlich stieß ich mit der Schulter gegen den Rahmen einer zweiten Tür. Erst jetzt merkte ich, dass ich nicht an meinem Schreibtisch saß, sondern auf der Toilette gelandet war.

Im Nachhinein redete ich mir ein, es hätte sich überhaupt nichts verändert. Ein Streifen auf dem Schild hatte den andern ersetzt, ein Name den andern, ein Rindvieh das andere. Aber es hatte sich alles verändert.

Als ich zurückging stand Geburtstag draußen auf dem Gang und wischte mit einem feuchten Tempo über sein neues Schild.

Papier - nur Papier ist ewig. Nur Papier ist rein. Nur Papier ist gerecht und hält. Hält, da es niemanden kennt und nichts verspricht. Nicht Moral. Nicht in dieser Welt. Moral verspricht und zerreißt in ihrem Versprechen.

Papier hat keine Eitelkeit, kein Gewissen. Nie kann es zerreißen. Nie! Denn nur hier sind Jupiter und Ochse für immer gleich.

Herr Mimo

Was? Ein Geschäft machen? frag ich und denk: Spinn ich jetzt? Is die schon besoffen?

Und die sagt: Ja, Herr Mimo, ich brauch dich.

Und sie legt mir fünftausend Euro unter den Tresen. Fünftausend Euro? Da wackle ich dann schon mal mit dem Kopf und leg das Tuch weg. Darf man ja bei sowas.

Und die sagt eiskalt: Wenn du mir hilfst kriegst du's. Fünftausend? Da guck ich der dann schon mal richtig Gesicht. Gut, das Gesicht von der is hässlich wie die Nacht. Aber besoffen is die nich und verrückt is die auch nich. Die weis, was sie redet - kenn ich gut genug dafür. Das is bei der nich wie bei den Leuts, die reinkommen und ihre Autoschlüssel schütteln, auf dicke machen und nur labern, damit sie was labern - labern von ihrem Auto, und dass ihre Kinder so dumm sin, und wo sie Urlaub machen. Die labern von ihren paar billigen Aktien und meinen die sin schon Großbosse. So kleine Angeber, die ihre dicken Geldbeutel mit nix drin vor sich hinlegen und bloß was brauchen, wo sie zusammen sitzen. Wenn nich hier, dann woanders.

Die rufen: "Heyyyy, Gianni! Hey, noch ein Bier. Bring mir Milchkaffe. Bring uns Spezi. Noch ein Eis, Gianni.

Kenn ich alles. Wollen immer die Großen spielen. Und dann, beim Bezahlen: Bei dir wird auch immer alles teurer.

Da lach ich, sag: Ich muss auch leben, oder? Aber ich denk: Idiot! Was kommst du dann her? Hier, in mein Eiscafe.

Und die: Ach, sei doch nicht gleich bös, war doch nich so gemeint.

Denk ich nur: Idiot! Was laberst du dann.

Eigentlich - ich mag nur die Kinder. Die kommen und sin ganz normal, essen brav ihr Eis und reden ganz normal. Und ich werd traurig. Denn die Kinder hören, wie die Alten labern. Bis sie lernen genauso zu labern. Dann sind sie groß und selber die Alten und genauso Idioten, die labern.

Das is schlimm und das is immer gleich.

Aber so sin die. Sin geizig, sin gierig oder sin dumm.

So sind die - die Leuts, das Volk. Sin Schwätzer… sin halt Kunden!

Aber so is Ulrike nich. Ulrike is in Ordnung, redet kein dummes Zeug. Die weis, was sie will. Die sitz fast immer allein, ganz hinten bei den Toiletten, trinkt still ihr Bier, labert nich. Nur machmal kommen der Junge, der Fitzi und der andere, der Marius.

Dann wird's lauter. Aber die drei labern immer nur von ihrem Geschäft, vom Amt.

Schon zwei Jahre kommen die. Einmal Saft, einmal Pils und ein Kaffee. Junge Saft, Ulrike Pils, Marius Kaffee.

Und die sagen auch nich: Gianni, die sagen ‚Herr Mimo' zu mir. Und wenn die zahlen, kommen die immer zum Tresen, immer einer für alle.

So wie jetzt Ulrike.

Die andern sitzen hinten und warten. Da liegt noch immer das Geld, alles Hunderter. Geld für ein Geschäft.

Ich höre? sag ich.

Und Ulrike erklärt, sagt: Du musst nur schnell machen, Herr Mimo. Heut' noch.

Fünftausend? Für eine Wohnung mieten? Und zehntausend noch für Miete? frag ich.

Moment, sag ich und geh an die Espressomaschine, lass laufen. Dann geh ich schnell hinter den Vorhang, wo Mama und ihr Schnurrbart im Sessel sitzt und im Fernseher ihr Quiz guckt. Und ich geh neben den Sessel und sag Mama und ihrem Schnurrbart alles ins Ohr.

Gut, sagt Mama und ihr Schnurrbart.

Und ich geh zurück zu Ulrike und wisch mir die feuchten Hände.

Okay, lass uns das Geschäft machen, sag ich und nehme das Geld. Und Ulrike nimmt aus ihrer Handtasche einen Umschlag, schiebt ihn auch unter den Tresen. Und ich mach auf, zähle nach. Aber das im Umschlag is nich für Mamaund ihren Schnurrbart.

Dann nehm ich noch den Zettel mit der Adresse raus. Und basta! Geschäft erledigt.

So, und jetzt trinken wir einen Asti. Ich bring euch, sag ich. Den Umschlag tue ich hinten in die Hose. Dann geh ich wieder schnell hinter den Vorhang. Zu Mama und ihrem Schnurrbart, und mit ihrer Hand, die wartet. Da lege ich die fünftausend rein.

Gut, sagt Mama und ihr Schnurrbart, guckt auf das Geld und steckt es weg. Das reicht für den Umbau, für neue Stühle und Tische in meinem Café.

Dann geh ich schnell zum Kühlschrank.

Der? frag ich und zeig ihr die Flasche.

Nein, sagt Mama und ihr Schnurrbart.

Ich nehm eine andere Flasche. Die hat das Siegel.

Gut, sagt Mama und ihr Schnurrbart.

Und ich nehm' die Flasche und geh wieder raus, geh hinten zum Tisch - und guck... und dreh um und geh wieder rein und bring die Flasche wieder weg.

Is schon weg, sag ich zu Mama und ihrem Schnurrbart und stell die Flasche wieder schnell in den Kühlschrank.

Gut, sagt Mama und ihr Schnurrbart, weis bescheid.

Ich geh schnell, Mama, sag ich und zieh die Schürze aus.

Gut, sagt Mama und ihr Schnurrbart, stehen auf. Ihr Quiz is fertig.

Specht

☛ Es gibt nur noch selten Nächte in denen ich davon träume. Dann vergess' ich meine Vorsicht, vergess' nachzusehen, ob die Katze wirklich neben mir in ihrem Korb liegt. Und dann passiert's. Und alles wirkt umso wirklicher, umso greifbarer, da ich ahnungslos und gutgläubig und unverzagt die toten Jahre zurücktaumle, zur Wurzel meiner Bitterkeit.

Es beginnt mit dem Putzeimer und endet mit dem Putzeimer, in den ein zerquetschter und fauler Apfel fällt. Und gleich darauf noch einer.

Wie fühlen Sie sich? fragt die Krankenschwester, während mein Blick vergeblich nach dem Eimer sucht. Blitzschnell richte ich mich auf im Bett.

Apfelbrei? frage ich sie, und spüre, wie mir das Wort Unterleib und Kehle zusammenschnürt.

Ja, Apfelbrei! bestätigt sie, nickt, und misstrauisch sinke ich zurück.

Was sollten wir auch sonst damit anfangen? lächelt die Krankenschwester daraufhin.

Der Arzt ist jedes mal ein anderer, doch schwebt er durch die geschlossene Stationstür. Schwebt. Steht. Kerzengerade steht er vor meinem Bett, stets in der gleichen Haltung. Und er sagt: Machen Sie sich nichts draus, Frau Specht. Es war nur ein zerquetschter und fauler

Apfel. Sie sind erst Anfang dreißig. Da können sie noch viele zerquetschte und faule Äpfel bekommen.

Dann verschwindet der Arzt und ich wach auf, und alles, was ich über die letzten zehn Jahre erfolgreich betäubt und eingesperrt halte, fällt mir schlagartig wieder ein. Mein Hass, mein Verdruss und meine Einsamkeit. Meine verlorene Liebe und das Gift der bitteren Erfahrungen, die das Leben in die Seele gießt und reifen lässt.

Ja! Einst liebte ich einen Mann.

Der war für mich alles. Außer einem kleinen Verkäufer war er noch Unterhaltungs- und Entfesslungskünstler. Kannte keine Knoten in Beziehungen, die er nicht lösen konnte. Kannte keine Zweifel, keine Eifersucht.

Und er liebte mich.

Nur mein Knoten blieb unauflöslich.

Sein linkes Ohr, ein hübsches Ohr - es stand etwas weiter ab als das rechte. Damit konnte er wackeln. Mit dem linken, nicht dem rechten.

Mein kleiner Verkäufer war es, der den Hasen aus dem Zylinder zog und mir einen Apfelbaum pflanzte. Von dem nach fünf Jahren nur drei faule Äpfel plumpsten.

Er wusste es und hoffte trotzdem noch - nach dem ersten mal. Da saßen wir stumm im Wagen und fuhren vom Krankenhaus heim, besoffen uns.

In den ersten Tagen heulte er ständig. Ich musste ihm auf den Hintern treten, damit er aufhörte.

Ich strich die Wände neu, von weiß zu sonnengelb, ließ mich abermals untersuchen.

Das Bett im kleinen Zimmer wartete wieder ein Jahr unter der Folie. Vergeblich.

Und wieder saß ich beim Psycho-Onkel.

Vom Schlafzimmer hörte ich, wie er draußen im Gang auf und ab ging und seiner Mutter am Telefon die Meinung geigte.

Vor mir beugte er sich erstaunlich rasch, wartete, was ich tun würde. Sah zu, wie ich den Schraubenzieher holte. Das kleine Bett wirkte wie ein Verwandter, der sich von Tag zu Tag weiter zwischen uns schob und anfing uns zu verhöhnen.

Ich baute das kleine Bett ab, verstaute es vorläufig in unsrem Kellerverschlag. Aus der Welt war es deshalb trotzdem nicht.

Von neuem zog mein kleiner Verkäufer den weißen Stoffhasen aus seinem Zylinder, wie zur Versöhnung mit meinem wiederholten Versagen. Aber ich brauchte eine Pause.

Nur widerwillig ließ er den Hasen vor mir im Zylinder.

Um Abstand zu gewinnen, fuhren wir die nächsten zwei Jahre gleich mehrmals in Urlaub. Chiemsee, Adria, Istrien - der Bauch brauchte Sonne.

Schließlich gab ich seinem Drängen nach, ließ mir zum dritten mal was vorzaubern.

Es war so bescheuert noch mal gegen die Wand zu rennen. Seine handzahme Zärtlichkeit wurde an mir mehr und mehr zur Verschwendung. Sein Trost half nichts dagegen.

Vielleicht wussten wir längst beide, dass es ein letzter Versuch war. Sogar schon nach dem ersten mal.

Die Sache kam mir ohnehin bald vor wie ein gemeinsames, aber geschmackloses Hobby, an dem wir nur noch aus Sturheit festhielten.

Als ich nachts anrief und sie mich abholten, saß mein kleiner Verkäufer im Stuhl am Fenster, schüttelte seinen ausgedünnten Wuschelkopf und wollte gar nicht mehr aufstehen. Wie betäubt trottelte er neben mir her.

Ich sah es, sah es im Liegen. In seinem Gesicht ging in dieser Nacht eine erschreckende Veränderung vor. Durch den ungläubigen Ausdruck regte sich um seinen Mund eine angewiderte Belustigung.

Ein paar Stunden später war von der Hoffnung nichts mehr übrig.

Dass er mich überhaupt fragte, ob er noch bleiben oder heimfahren sollte, bestätigte es mir.

Alles nutzt sich irgendwann ab, selbst... nein, am schnellsten Gefühle. Selbst ein Schneidebrett hat mehr Ausdauer als die meisten Menschenherzen.

Am nächsten Tag holte mein kleiner Verkäufer mich ab, redet bereits unterwegs davon seine Stellung zu wechseln. Etwas Neues anfangen, Pläne - in denen ich keinen Platz fand.

Er hatte schon damit angefangen. Wie ich zuhause sah.

Das Kinderbett war fort. Für immer.

Ich nahm es ihm nicht übel.

Eine Frau, die selbst keine Kinder kriegen kann, ist wertlos wie eine Uhr ohne Minutenzeiger. Sie lernt andere Frauen zu hassen. Denn sie weis, wie die Meisten ticken. Genau umgekehrt von ihrem Erscheinungsbild. Monster sind Engel, und Engel sind Monster.

Ich ging nie wieder zum Psycho-Onkel.

Wozu auch, dachte ich. Wenn wir lange genug leben, verlieren wir sowieso alles. Und am Ende auch das Leben. Dazu braucht es keinen dieser Psycho-Onkels.

Aber da war noch mein kleiner Verkäufer.

Es wurde höchste Zeit ihm dabei zu helfen, mich in die Wüste zu schicken. Und zwar so glatt wie möglich.

Sich im Guten trennen... nicht Fisch, nicht Fleisch!

Es war das Einfachste sich selbst versetzen zu lassen. Raus aus der alten Umgebung, von der Personalabteilung in den Bürgerservice.

Von da ab lebte ich allein.

Und plötzlich bemerkte ich, dass es etwas gab, dass ich vorher völlig übersehen hatte. Wie alle, die ständig ihren überzogenen Vorstellungen von Glück nachjagen. Den Schatten der eigenen Wünsche nachjagen. Den Träumen ihrer Zukunft nachjagen. Wie alle, die planen, kaufen, und nicht bemerken, was in ihrer Umgebung eigentlich geschieht.

Ich bekam Zeit - *Zeit zum Nachdenken* über meine Umgebung. Ein paar Zusammenhänge, ein bisschen Zuhören, ein bisschen Zusehen, dazu ein wenig Verdruss.

Werte? Zum Teufel sind sie. Werte? Zum Teufel damit!

Aber manchmal denke ich immer noch an meinen kleinen Verkäufer…

Pflichtspricht

Dienstschluss, und draußen geht die Welt unter. Na ja, fast. Jedenfalls gießt's ganz ordentlich.

Aber der Regen hält mich nicht ab. Jetzt oder nie!

Was für ein hübsches Geschöpf. Sie hat gelächelt, mich beim Vornamen genannt. Auch in meiner Paraphen-Brust schlägt ein Herz. Und dieses Herz sehnt sich - romantisch, selbstvergessen - nach zärtlichen Abenteuern.

Meine Idee. Sie steht mir jetzt gewissermaßen klar vor Augen. Wie das Bild ihrer Zähne. Gleichmäßig, weiß.

Ich halt's nicht länger aus. Und ich spann den gelben Schirm. Und ich überschreite zielgerichtet den aufgerissenen Vorplatz, vorbei an der Baugrube, am kürzlich aufgestellten Bauzaun mit seinen sieben Kränen - unserem neuen Großprojekt. Und ich -

Noch gestern hatte ich gezögert, meine Scheu mich gehemmt. Und wieder sah ich sie. Ihr hübsches Gesicht, es ist - ja, gewissermaßen. Ja, es ist ein einzelnes reines DINA 4 Blatt. Ein reines Blatt zwischen einem Stapel abgegriffener Schmierblätter. Ein frisches Blatt. Nur mit äußerster Vorsicht streicht man über ein solches Blatt.

Zerstreut wanderte ich den ganzen Tag durch die Reihen, suchte stets einen Vorwand mich in der Nähe ihres Tisches aufzuhalten. Und ihr Name - sprach ich ihn aus, und sie sah mich an - ja, es rumorte in meinem Bauch - mir, einem alten Knochen, der's besser wissen sollte!

Pflichtspricht, Alexander. Vierzig Jahre alt, der Herr, und plötzlich wieder grün?

Zum ersten mal seit 18 Jahren brach mir die Bleistiftspitze ab, brach einfach ab. Brach gewissermaßen meine Scheu. Das verdient Blumen, sie verdient Blumen.

Einmal ein Glückspilz, einmal verwegen sein - und vielleicht noch siegen. Lohnt es sich da nicht einmal wieder grün zu sein?

- halte den Fuß in die Ladentür, schüttle den Schirm aus und stoß ihn gewissermaßen in den Ständer - stoße, ramme den Schirm in den Ständer!

Ich bin ein Tiger, ein Löwe, zu allem entschlossen. Was bin ich doch für ein Draufgänger!

Jetzt nur noch etwas Passendes finden. Passend: meine dezent, und doch mit einem eindeutigen Hinweis auf meine aufrichtige Absicht.

Der Blumenladen gegenüber von unserem Rathaus ist ganz ordentlich bestückt. Es riecht nach Erde, Dünger. Steck- und Topfblumen. Aber das ist alles nicht das-Richtige. Und schon ist's aus. Schon bin ich kein Tiger, kein Draufgänger mehr. Nur ein hilfloses Würstchen, das sich in einen Blumenladen verirrt hat. Ich zögere, bin hier verloren, brauche Hilfe.

Die Angestellte hantiert mit einigen Blumen, stellt gerade einen Strauß zusammen. Auf die Theke fallen Stiellenden. Grün. Schief abgeschnitten.

Und ich überlegte. Doch die Eingebung ist schneller. Weiße Zähne, weißes Papier.

In meinem Inneren löst sich etwas, erstickte jetzt gewissermaßen die Verwirrung.

Haben Sie weiße Rosen? frage ich.

Die Angestellte den angefangenen Strauß beiseite.

Ich verlange ein Dutzend, halte meinen Geldbeutel bereit.

Und auf einmal ruft jemand hinter mir meinen Namen, ruft: Ah, Herr Pflichtspricht! Dass ich zusammenzucke.

Die Hitze steigt mir in den Kopf. Wie ertappt dreh ich mich, und ich pralle - gegen ein Lächeln.

Guten Tag…, erwidere ich, und blitzartig fällt mir das Gesicht ein. Tisch 12!

Aber der Name? überlege ich. Während er, Tisch 12 zur sich neben mich an die Verkaufstheke stellt.

Ich seh' rasch zur Theke. Den Schnüffler abschütteln, denke ich nur.

Sie kaufen auch Blumen? fragt er, kaut Kaugummi.

Ich kontere: Natürlich, Blumen sind doch die Sprache der Liebe, nicht wahr?

Jedenfalls werden sie schnell welk, meint er. Aber was ist schon von Dauer.

Er lächelt unentwegt, zweideutig, sieht jetzt, was mir die Angestellte in Folie wickelt.

Oh, weiße Rosen. Sie sollten Rote schenken! Und mindestens zwei Dutzend. Oder zumindest so viele, wie die Person alt ist.

Ich fürchte, so weit sind wir noch lange nicht, sag' ich verlegen und ärgere mich. Es geht alles zu schnell. Sein Mundwerk ist zu fix. Vor allem ärgert mich, da mir weiterhin sein Name nicht einfiel.

Ich bin kein Tiger, kein Würstchen mehr. Ich bin nur noch ein Trottel, der über ungewisses Gelände stolpert.

Und wieder mal wird mir klar: Draußen, außerhalb der Abteilung, als Privatperson bin ich ausgeliefert. Gewissermaßen den Launen des Zufalls ausgesetzt.

Aber Tisch 12, sein Name?

Schade drum, sagt er. Selbstgefälliges Lächeln. Hat mich noch immer am Wickel. Wissen Sie, ich schenke allen Rote. Nur die haben was.

Ich seh' kurz auf den Ladenboden.

Dieser Tisch 12! Aufdringlich, vertraulich.

Da steht er, kaut und plaudert.

Dich merk ich mir! denk ich.

Sie bringen das fertig, hm? sag ich.

Doch er lächelte nur, tut ungeniert, hängt mir gewissermaßen auf der Pelle.

Ich find das nur normal, Sie nicht?

Das Einwickelpapier berührt endlich meine Hand mit dem Geldbeutel. Ich seh' auf die Blumen, die mir die Angestellte hingeschoben hat, höre ihre Stimme.

Endlich! Endlich fällt mir sein Namen ein. Endlich habe ich Tisch 12 und ihn. Kann ihn packen, sein Geplauder wegwischen. Endlich!

Jetzt bin ich am Drücker. Jetzt bin ich kein Würstchen mehr. Jetzt bin ich wieder Pflichtsprich, Alexander, bin Herr der Abteilung Bürgerservice. Und ich bin gefährlich, wenn ich teilnahmslos werde. Wie jetzt!

Herr Fitz, erinnern Sie mich morgen bitte an die neuen Formulare für die Anmeldung zur Hundesteuer, ja? Und genüsslich versteinert mein Gesicht, mein Blick verschleiert sich. In gemessener Gleichgültigkeit verstaue ich gewissermaßen das Wechselgeld, greife die Blumen.

Er sagt keinen Ton mehr, nimmt seine Hand von der Theke, tritt verunsichert einen Schritt zurück.

Mein Gegengift wirkt also. Immer schön vorsehen!

Noch einen schönen Tag, Herr Fitz, spann ich den Schirm auf, verlasse den Laden. Zufrieden.

Fitz, Julian, Tisch 12 - nach letzter Erhebung vom Januar 15, nein 20 Prozent unter dem Abteilungsniveau. Kein Wunder. Notorischer Faulenzer, lautes Organ, lose Zunge. Laut Personalakte aus wohlhabendem, sehr wohlhabendem Elternhaus. Fitz, Industrielle, Vater im Vorstand der Chemiebetriebe. Verwöhntes Bürschchen aus reichem Stall gewissermaßen. Respektlos, abschätzig gegen den Fleiß der Kollegen.

Fitz, Julian, Tisch 12 - den merk ich mir.

Ich denke gar nicht erst nach, weshalb so einer - so einer, ohne einen Funken Ehrgeiz oder Respekt, so einer mit gepudertem Hintern, so einer, der nie hinfallen kann, so einer, für den alles nur ein Spaß ist, so einer, dem die Trauben ins Maul hängen, der - weshalb so einer ausgerechnet Sacharbeiter ist! Und ausgerechnet bei in meiner Abteilung abhängt! Ich denke gar nicht erst nach, weshalb ich so einen ‚Versager' gewissermaßen schon drei Jahre mitschleppen muss!

Nein, es gibt im Moment anderes zum Nachdenken. Und zum Träumen.

Nun - der Regen hat aufgehört.

Ihre weißen Zähne - sie hat mich angelächelt.

Knoff

☞ Unten hupte es.

Also zog ich das Sakko über. Die Krawatte saß. Ich trank die Milch aus, schnaufte durch und drehte zum Abschluss meinen Ehering einmal im Uhrzeigersinn. Darauf ging runter zu Fitz.

Ein Grinsen im Gesicht saß er in seinem aufpolierten Kabriolett. Ich musste zweimal hinsehen. Denn er hatte sich pfundweise Gel in die Haare geschmiert, trug eine Sonnenbrille, eine protzige Armbanduhr, Sportklamotten. Spielte den Angeber und Geschmeidigen.

Fand es wohl angebracht für das, was wir vorhatten.

Ich konnte selbst nicht ganz verstehen, dass ich mitkam und mich an diesem Unsinn noch beteiligte.

Andererseits war ich auf die Zehntausend, die bar in meiner Innentasche steckten, nicht angewiesen.

Es war mir von Anfang an klar, dass ich verlieren würde. Auch die Summe stand fest: zehntausend.

Fitz hatte offenbar einen Plan. Aber ich fragte ihn nicht. Als ich einstieg, sauste er sofort los.

Mir peitschten die Haare, der Wind blies durchs Sakko. Es zog, ich fror, und das Ungewisse stieß mir flau in den Hals, verengte mir von innen den Brustkorb.

Unterwegs gab Fitz mir einige Tipps. Ich solle verhalten spielen, auf keinen Fall versuchen zu bluffen. Solle unterm Full House immer aussteigen, wenn es über tausend ging. Dieser Baba spiele hinterhältig und gerissen - ein Misthaufen, ein Dieb, der ihn schon zweimal komplett ausgeplündert habe.

Es könne womöglich bis morgen mittag dauern. Darauf sollte ich mich einstellen, meinte er.

Sein lautes und lässiges Gerede nahm mir die Anspannung, während wir am dunklen Glaskasten des Rathauses vorbeifuhren. Dann schwieg er kurz, bevor er auf einmal wieder grinste.

Aber diesmal würde es anders laufen, hielt er mir die protzige Armbanduhr hin. Angeblich sein Glücksbringer, die Uhr seines Vaters.

Erst zweifelte ich. Als er mir aber sagte, dass er sie seiner Mutter beim letzten Besuch zuhause gestohlen habe, glaubte ich ihm wieder.

Außerdem könne man darauf gehen, meinte er, dass der vierte Mann und Baba nicht gegeneinander spielten, sondern vorhätten uns auszunehmen.

Ich zweifelte nicht daran.

Im Grunde rechnete ich mit nichts anderem. Selbst die Zehntausend eigenhändig anzuzünden hätte mir nichts ausgemacht.

Wir fuhren denselben Weg, hinterm Rathaus über die Hartmann, bogen in dieselbe Straße ein.

Wir hielten unter einer Laterne, parkten, wie das letzte mal, ganz in der Nähe des Hauses, in dem dieser Baba sein so genanntes Büro hatte.

Ein Stück weiter leuchtete ein Kneipenschild. Darauf steuerte Fitz zu. Mir fiel auf, dass er gar nicht mehr redete, als er den Türgriff der Kneipe fasste. Bevor er öffnete, nickte mir nur zu.

Langsam folgte ich ihm. Die Einrichtung war schmierig, ein paar billige, viereckige Tische. Auf der Theke der riesige Teeapparat aus Weißblech. Mitten im Raum murmelte es, dort spielten zwei alte Schnurrbärte ungestört Backgammon.

Die junge Frau hinter der Theke sah hundemüde aus, hatte müde Augen. In der freien Hand hielt sie ein Glas Tee, auf dem anderen Arm einen stillen Säugling.

Fitz ging voraus, grüßte. Aber die junge Frau nickte nur müde, und er klopfte an die Tür hinter der Theke.

Ich konnte nicht hören, ob von drinnen was kam. Denn Fitz machte prompt selbst die Tür auf. Einem Moment gab es Durchzug, irgendwo im Hinterzimmer knallte eine Tür.

Und da saßen sie, warteten. Dieser Baba und unser Unbekannter, unser vierter Mann. Das Zimmer war genauso wie ich es mir vorgestellt hatte, genauso vorbereitet - kahl bis auf den runden Tisch mit der niedrigen Lampe, kahl und trüb. Dazu vier Stühle. Die beiden noch freien Stühle standen einander gegenüber.

Fitz und dieser Baba waren die einzigen, die gleich zu reden anfingen.

Und ich sah mir unauffällig unseren Mitspieler an. Rasiert, weißer Anzug mit roter Krawatte. Und ich dachte noch: irgendwoher kennst du den. Nur woher? Woher?

Aber Fitz saß schon, zog die Sonnenbrille ab.

Jetzt war ich an der Reihe.

Guten Abend, Knoff, sagte ich, gab erst diesem Baba die Hand und bot sie darauf, vorbei am Lampenkabel, dem weißen Anzug. Erst machte unser Unbekannter kein Zeichen sie anzunehmen. Sein Gesicht blieb im Trüben. Doch dann sah ich, wie ein Lächeln um seinen Mund zuckte und er schließlich lasch zugriff.

Anscheinend nahm er mich nicht ganz ernst. Aber das schadete nichts. Und wieder dachte ich: den kennst du. Aber ich kam nicht drauf, woher.

Ich zog das Sakko aus, hängte es an den Kleiderständer und setzte mich. Die Spielkarten lagen schon in der Tischmitte, drei eingeschweißte Blätter, offenbar alle gleich. Fitz bekam sie alle drei von diesem Baba zugeschoben. Er nahm ein Blatt, packte es aus, prüfte, zählte und gab es an den weißen Anzug. Der tat das gleiche, besah sich die Karten, gab sie an mich. Also machte ich es genauso, beugte mich vor und machte sie nach. Dann gab ich sie diesem Baba, der uns alle noch einmal nachmachte. Dann hatte Fitz sie wieder. Er mischte durch und legte sie verdeckt auf den Tisch, damit jeder zog.

Meine Neugier stieg.

Der weiße Anzug zog einen Buben, ich eine 6, Baba eine 10, Fitz eine Dame. Er lachte, war guter Dinge, zwinkerte mir noch zu, teilte als erster aus. Aber mir war nicht ganz wohl.

Wir spielten. ————

Ab und zu brachte die junge Frau uns Tee.

Kurz nach Mitternacht war Fitz alles los, was er dabeihatte, die ganzen zehntausend. Hatte sogar die Uhr verloren. Dreitausend an diesen Baba, das Übrige und seine Uhr an den weißen Anzug.

Fitz war bedient, schnaufte verdrossen und stand auf, wobei er leicht schwankte. Er war ziemlich angefressen. Wir unterbrachten.

Der weiße Anzug sah zu Boden, runzelte die Stirn. Dieser Baba zuckte die Achseln.

Fitz wurde ungeduldig, wollte gehen. Aber ich nicht.

Merkwürdig, aber meine Hände waren nie so ruhig und trocken wie in diesen Stunden.

Schließlich ging Fitz ohne sich zu verabschieden, vergaß sogar seine Sonnenbrille wieder aufzusetzen. Er war stocksauer.

Wir spielten weiter. ————

Die junge Frau kam nicht mehr. So kochte Baba irgendwann selbst den Tee.

Wir spielten bis zum Morgen, als die junge Frau wieder auftauchte und uns Kaffee kochte. Und spielten noch weiter, bis weit in den nächsten Nachmittag.

Teufel

☛ Auszüge, Einzüge, Getrampel auf der Treppe. Wieder Gewimmer, irgendwo Geschrei.

Aber ich steh nicht auf.

Irgendwo oben, im 3ten winselt eine Trompete. Im 5ten wird gefickt. In 7ten, da wird geblökt. Schlagen sich gleich die Köpfe ein.

Meinetwegen. Sollen winseln, blöken, ficken. Sollen sich die Köpfe einschlagen.

Ich steh nicht auf.

Irgendwer zieht hier immer aus oder ein. Irgendwer findet immer einen, den er verabscheuen oder ficken kann. Oder erst ficken und dann verabscheuen. Oder umgekehrt.

Mir egal. Ich steh nicht auf.

Hier kann jeder wohnen, der will. Ich kümmre mich nicht um die Mieter. Mein Haus ist wie ein Asyl für jede Art von Getier. Hier kann man alles machen. Saufen, nachts Möbel verrücken, Schlagzeug spielen, die Musik aufdrehen, sich verstecken, einen Privatpuff aufmachen, Drogen herstellen.

Was kratzt's mich. Von mir aus können die Mieter die Zwischenwände einreißen, können sich gegenseitig abstechen, in ihre Zimmerecken pissen, in ihrer Wohnung Ratten züchten.

Mir doch schnuppe. Ich nehme Schlafmittel. Bin ich denn ein Aufpasser? Bin ich etwa der Hüter der Ordnung? Der Hüter dieses Hauses? Ich bin nur sein Zöllner.

Die Namen der Mieter sind wie Backformen im Sandkasten. Ein Name, das sind 350 bis 500 Piepen im Monat. Warm. Ein Name bringt Piepen. Mehr nicht.

Nur die Menge, die Anzahl zählt. Die Bude muss voll sein. Das zählt.

Was kümmert's mich, wer für dich zahlt. Ob du, Onkel Otto oder Oma Erna. Da steht ein Name. Los, die Miete her. Bist du blank? Dann ab.

Ich merk mir weder Gesichter, noch Namen. Ganz selten nur steh ich mal auf, geh raus. Dann grüß ich alles, was mir im Haus begegnet.

Wenn die Leute nicht friedlich miteinander auskommen, müssen sie das untereinander regeln.

Soll ich der Schlichter sein? Ich steh nicht auf, bleib eisern vor der Glotze und schieb mir 'ne Fertigpizza rein.

Wenn die Leute nicht miteinander auskommen wollen, muss eben einer ausziehen. Wer Stress mit der Polizei kriegt, fliegt sowieso achtkantig raus.

Aber die Miete muss bis zum Auszugsdatum bezahlt werden. Recht ist Recht.

Ich lass mir keinen Stress machen, ich stell Wohnraum zur Verfügung, an Hinz und Kunz, an Dick und Doof, an Ernie und Bert. Mehr nicht. Der Papierkram langt dicke. Schon morgens aufstehen ist schwer genug.

Und übers Haus, ganz weit oben, in den Wolken, fliegen Flugzeuge. Doch die Wolken ziehen weiter. Genau wie die Mieter. Genau wie im Leben. Eine Nase geht, eine andere kommt.

Da is nix dran zu rütteln!

Genau genommen gibt's hier nur zwei Regeln. Außer, dass die Piepen rüberwachsen müssen.

Erstens: die Flure müssen leer bleiben! Ein Schuhabtreter, von mir aus ein Kranz an der Wohnungstür. Aber sonst nichts. Der ganze Mist, den die Leute so mitschleppen, muss in die Wohnung.

Und zweitens: Feuer legen und offenes Feuer in der Wohnung sind verboten. Schließlich, ich will vermieten, nicht abbrennen. Und wenn, leg ich eines Tages selbst das Feuer.

Die Verträge sind immer eine Nummer für sich. Der einzige in letzter Zeit, der keinen Mist erzählt hat und den Preis drücken wollte, war so ein kleiner Spaghetti.

Das war mal ne echte Erholung. Hat überhaupt nicht gefeilscht, hat nur gegrinst und gleich zugesagt. Hat den Vertrag sofort unterschrieben.

Anscheinend hat er's dringend nötig.

Dass der auch nicht ganz koscher ist, stört mich nicht. Selbst der größte Abschaum kann hier mieten, solange er zahlt.

Das Witzige ist, eine Menge Leute, die mieten will, glaubt immer, sie wär besonders clever.

Ach, unten pissen die Hunde an die Hausmauer.

Gut, wenn sie's glauben wollen -

Stellen sich vor und erzählen mir irgendeinen Mist um den Preis zu drücken.

Ich sag: Der Preis ist 500.

Und sie erzählen noch mehr Mist.

Ich sag wieder: Der Preis ist 500.

Aber die erzählen immer weiter ihren Mist.

Bis ich sag: Ja. Sag: Jaja, geht in Ordnung. Also 400. Stell mich dumm. So kommt man am einfachsten durch.

Ich frag nicht etwa: Sagen Sie, wozu haben Sie eigentlich links und rechts die beiden Dinger am Kopf hängen? Oder: Natürlich können sie die Wohnung kriegen, Herr Trunkenbold! Wie wär's, ich geb' Sie ihnen gleich für umsonst. Weil Sie's sind, Frau Stoßburg! Ich schenk sie Ihnen, Sie Arsch! Möchten Sie noch eine Renovierung umsonst? Vielleicht in einem hellem Blau? Käme das ihrem Geschmack entgegen? Ja? Mach ich alles. Nur für Sie. Ich heiße Teufel, hier sind sie immer richtig!

Genau das sollte ich mal sagen!

Aber ich tu 's nicht, nein, ich tu 's nicht. Stattdessen geb' ich nach, bleib freundlich, will nur, dass die Bude voll ist.

Mich lockt niemand aus der Reserve.

Will einer Stress machen, da gähn ich nur, kratz mich am Hals und leiere meinen Text ab: Keinen Kram draußen hinstellen, der Gang bleibt frei. Feuer legen und offenes Feuer in der Wohnung sind verboten. Gut?

Sie nicken. Dann ziehen sie ab, sind mächtig zufrieden mit sich und ihrer Cleverness, ziehen ab mit ihrer mächtigen Persönlichkeit.

Und unten pissen die Hunde an die Hausmauer.

Ich lass sie, kenn sie.

Das Fenster zu, das Gemurmel im Hof ist lästig.

Die Mülleimer im Hof sind der beliebteste Platz. Da wird gegackert und gekichert, geblökt und gegrölt! Morgens die alten Weiber, mittags die Rotznasen, und nachts die Säufer und Mauerbumser.

Allesamt ein Brei, eine Soße!

Erst wird schön getan, dann gehetzt. Erst zusammen gesoffen, dann geprügelt. Erst gefickt, dann gestritten, das eigene Zeug in Klump geschmissen.

Nein, ich steh nicht auf. Sollen die denken, sollen machen was sie wollen. Ich kassier nur ab - und zwar pünktlich.

Ich bin nicht so dämlich wie mein Herr Geizhals von Bruder, der Haus Nr. 18 hat und jeden Tag die Treppe putzt. Der geht jedem Hausklatsch nach, jedem Kratzen und Geblöke. Kontrolliert dauernd die Tonnen, damit die Schweine Ordnung halten. Kämpft gegen die Graffiti-Sprüher.

Wozu? Das is nur Stress.

Und so sieht er auch aus. Er ist zerknirscht, seine Visage düster vor Neid. Dabei hat er mit Haus 18 mehr Wohnraum von unsren Alten geerbt als ich.

Jeden morgen geht er bei mir, an der 36, vorbei. Unten, an der Mauer, wo die Hunde pissen. Holt sich seit Jahren bei Wambold, der Bäckerei, sein eines Laugenbrötchen.

Ich lach mir eins. Er macht mir das Haus madig, erzählt den Leuten, ich lass alles vergammeln.

Hey, Dieter!

Ich ruf ihn, winke, streck ihm die Zunge raus.

Da, er zeigt mir den Mittelfinger. Der alter Wichser!

Seit Jahren sind wir verkracht. Aber ich hab mir schon was ausgedacht. Ich spar jetzt und kauf mir einen flotten Sportwagen. Dann steh ich auf, fahr bei ihm vor und hupe, bloß damit er sich grün und blau ärgert. Damit er glaubt, ich hätte irgendeinen Coup gelandet. Das soll mein neuer Ehrgeiz sein. Alles andere ist mir sowieso scheißegal. Die Wolken ziehen eh weiter. Und immer werden die Hunde an die Hausmauer pissen.

Fitz

Die Wohnung ist sicher, sagt Lady Specht. In einer halben Stunde, bei Mimo. Und weg ist sie.
Ich leg das Handy weg, die Hantel wieder unter die Hantelbank.

Die Wohnung ist sicher? Schön, aber was nützt mir das! Um was aufzureißen brauch ich Geld.

Baba, der Drecksack und sein Komplize - wieder bin ich ausgeplündert! Ich hab nicht mal mehr genug auf dem Konto, um den Wagen voll zu tanken.
Die nächsten zwei Wochen kann ich wieder nur Nudeln und Quark fressen.
Ungerecht! Da hat man mal kein Weib auf dem Hals und ein bisschen Luft, und schon kommt so ein dreckiger Wucherer daher, zieht dir das letzte Hemd aus und grinst dir noch ins Gesicht.

Aber genug gejammert. Eben dumm gelaufen.
Duschen, fertig machen, hinfahren. Muss Lady Specht eben die Milchkuh noch mal anzapfen.
Vor allem war's ein Fehler Knoff mitzunehmen. Das hat mich die ganze Zeit abgelenkt. Und dann die Uhr.
Wenn der alte Drachen das spitzkriegt - falls sie's nicht schon gemerkt hat… Oh je, da kann ich mir noch was anhören.

Was ist denn mit dir? fragt die Specht, als ich bei Mimo ankomme.

Knoff ist noch nicht da, wie immer.

Geld, sag ich.

Alles? So schnell, lacht sie leise.

Ich fang an zu erzählen, brech' ab.

Mimo begrüßt mich, grinst. Beugt sich zur Specht und hält ihr eifrig die Schlüssel hin, fragt: Jetzt?

Nein, noch nicht, Herr Mimo. Einer fehlt noch. Dann.

Dann? fragt Mimo.

Dann, sagt die Specht.

Mimo ab. Grinst.

Und wir warten also. Auf unsren Knoff. Und ich erzähl der Specht die dumme Sache mit dem Poker.

Kannst du noch was rausholen? frag ich.

Sie lacht: Nur die Ruhe. Wir haben zwei Jahre Zeit, bis dieses Großbauprojekt gelaufen ist. Rheinufer, Promenade, Innenstadt. Da fließt noch viel Zement für uns. Überleg mal.

Meine Laune steigt.

Fehlt nur noch unser Knoff. Vielmehr sein Ohr, an das man von hinten schnippen kann.

Er braucht heute lange, der alte Spießer. Aber keiner weis, wo er steckt. Seit vorgestern Nacht hab ich ihn nicht mehr gesehen. Vielleicht hat er sich selbst die Toilette runtergespült oder der Typ im weißen Anzug bei Baba hat ihn kaltgemacht? Und morgen die Schlagzeile: Harmloser Spießer, aus Versehen von Gangstern abgemurkst -

Vielleicht liegt er schon irgendwo mit durchgeschnittenem Hals auf einer Müllhalde, sag ich.

Unwahrscheinlich, meint die Specht und hebt den Kopf. Da kommt er nämlich.

Unser Knoff setzt sich. Er sieht aus wie immer, spießig, nur ein bisschen grüblerisch.

Und? frag ich.

Jetzt bin ich aber gespannt.

Aber da kommt schon wieder Mimo. Mit den Schlüsseln. Grinst.

Jetzt? fragt er die Specht.

Ja, jetzt, Herr Mimo, nimmt ihn die Specht endlich die Schlüssel. Und Mimo ab. Grinst.

Aber unser Knoff sagt noch immer nix, sitzt nur da und starrt Löcher in die Luft. Mensch! Dem muss man jeden Scheiß aus der Nase ziehen.

Und ich: Was jetzt!

Und unser Knoff: Auf einmal fasst der in sein Sakko, fasst einfach in sein Sakko. Und legt mir ein Bündel Geld hin. Und dann: Hier, greift er in die andre Innentasche und legt noch ein Bündel hin, legt es auf das erste. Und hier, zieht er noch etwas heraus. Das dritte Bündel. Greift dann in seine Vordertasche. Und hier, holt er wieder etwas vor. Und ich seh' nur zu. Mir gehen die Augen über. Hier wird gezaubert. Seh' Geldbündel, seh' unsren Knoff, den Zauberer. Bin platt. Seh' meine Uhr. Liegt oben auf den Bündeln. Sozusagen zum Abschluss der Zauberei.

Drei auf einen Streich. Na, siehst du jetzt, meint die Specht und lacht auf. Ihre Hand liegt wie zur Anerkennung auf Knoffs Schulter.

Wie hast du das gemacht? frag ich. Jetzt bin ich doch misstrauisch, prüf das Geld. Misstrauisch, weil unser Knoff - Jedes Bündel, soweit ich seh', sind zehntausend. Da ist die Uhr, da ist das Geld. Es ist nicht zu fassen.

Aber irgendwas stimmt da trotzdem nicht. Denn unser Knoff sieht gar nicht aus wie einer, der dreißigtausend und eine Uhr abräumt. Der Mann müsste normal platzen vor Stolz. Aber Fehlanzeige. Der Mann ist so nüchtern - das ist nicht normal.

Und was er sagt: Gewonnen. Glück gehabt. Zufall halt.

Wie viel? frag ich. Ich kann's nicht glauben.

Die Nummer mit dem Hasen aus dem Zylinder - das ist nur ein Dreck gegen das hier.

Aber unser Knoff. Der spielt alles runter. Der tut, als wenn nix weiter wäre! Meint: Ich weis nicht genau. Ich glaube alles. Jedenfalls war da zum Schluss nichts mehr auf dem Tisch.

Und die haben dich gehen lassen, so ganz einfach? frag ich und bind mir meine Uhr wieder um.

Sicher. Baba und dieser Herr Müller haben sich sogar bedankt.

Was? frag ich. Ich kann's nicht glauben.

Ja, sie meinten, es sei ein Spaß gewesen mit mir zu spielen.

Und jetzt soll ich dir jetzt dankbar sein, oder was? frag ich. Unser Knoff, der hat nicht nur Dusel. Der macht mich zum Gespött. Sagt er hat nie gepokert, und dann nimmt er Baba und irgendeinen Profi aus?

Unser Knoff sieht auf den Tisch, schüttelt den Kopf. Der Mann ist nicht zum aushalten! Spielt den Bescheidenen und Selbstlosen. Da kann man ja nur verächtlich reagieren. Soll ich ihm etwa vor Freude um den Hals fallen, dass er mich als Versager und Bettler hinstellt? Bin ich denn ein Hund, dem man einen Knochen hinwirft?

Das Geld weg! nimmt die Specht inzwischen die Bündel vom Tisch.

Und ich? Haben sie da noch was gesagt? frag ich.

Ich muss mich einkriegen, lehn mich zurück und verschränk die Arme.

Die Specht grinst nur, amüsiert sich.

Ich find da nix lustig.

Nein, nix. Ach so, ja, meint unser Knoff. Die meinten mit dir wär nicht viel los. Aber du könntest vielleicht was lernen, wenn du mehr mit mir zusammen bist.

Die Schweine!"

Find ich nicht. Die waren richtig anständig zu mir.

Anständig? Gleich geht's mit mir durch. Warum wohl? Dich kennen sie auch nicht. Du hast sie geblendet. Hast nur verdammtes Glück gehabt. Wenn die dich kennen würden, hätten die dich noch mehr ausgenommen als mich!

Das Spiel war fair, Julian.

Ach, hör bloß auf. Das ist lächerlich. Verteidigst die zwei noch. Du hast doch keine Ahnung von denen. Kennst du Baba und diesen andern.

Müller, meint Knoff.

Meinetwegen Mister X. Baba ist jedenfalls der größte Gauner der Stadt, sag ich.

Ich hör was du sagst, aber ich kann doch nur aus meiner eigenen Sichtweise argumentieren. Und wenn jemand korrekt zu mir ist…

Korrekt? ruf ich. Was labert der Mann da nur! Einfaltspinsel! Dem flüstere ich jetzt mal -

Doch da steht wieder -

Herr Mimo? fragt die Specht.

Einmal Asti. Ich spendiere, sagt Mimo. Stellt das Tablett, drei Gläser und die Flasche auf den Tisch. Steht da, grinst, wartet.

Ich hab' mich geirrt. Der größte Gauner der Stadt ist nicht Baba, sondern heißt Mimo.

Tadäus

 Ein Ei, ein Apfel, ein Joghurt und drei Honigkekse. So, alles beisammen. Noch fünf Minuten zur Mittagspause. Keine Anrufe, keine Termine, keine Arbeit mehr. Und vor allem keine Kantine mehr! Nie mehr!

Der Wahlkampf wird auch jedes mal anstrengender und stressiger. In 4 Jahren schaff ich das nicht mehr. Auf keinen Fall.

Was man da für die Chefin, die im Wahlkampfkomitee mithilft, alles koordinieren muss. Ständig diese Termine mit der Agentur, Hin- und Herfahren, Plakate abholen. Und dann die ganzen Flyer und Broschüren, die gedruckt werden müssen.

Kein Wunder, dass man da zunimmt und ich fast zwei Zentner wiege. Kein Wunder, dass ich so fett bin!

Schön friedlich jetzt. Entspannen. Ich hab alle Zeit mit der Mahlzeit, alle Zeit. Nur ein kleines Ei, ein Apfel, ein Joghurt und drei winzige Honigkekse - das ist mein ganzes Mittagessen. Und mehr gibt's nicht bis heut Abend. Basta!

So, gegessen wäre auch. Die Reste sofort entfernen. Erledigt!

Die drei Kekse gibt's erst später.

Von jetzt an halt ich Diät. Strikte Diät.

Mein Mann hat Recht, wenn er sagt, dass ich zu dick bin. Aber ich werde abspecken. Ab sofort. Ich habe mich schon reduziert, ich esse schon weniger. Seit gestern. Ich merke schon wie mein Appetit abnimmt, wie ich mich mittlerweile, selbst bei längerem Hunger, beherrschen kann. Ich kann mich beherrschen, wenn ich will, keine Frage.

Früher, ja früher…

Diese Honigkekse sind offenbar eine ganz neue Sorte...
Und trotzdem werd ich eisern sein, warten bis Punkt
zwölf. Nur nicht ans Essen denken. Nicht nach der Kek-
spackung schielen. Kusch!

Zurücklehnen, entspannen. Schön friedlich.
Was für ein Stress in den letzten Wochen. Da kann man
überhaupt nicht durchschnaufen. Da greift man dauernd automatisch nach irgendeiner Kleinigkeit, damit
der Magen Ruhe gibt. Und wir sind erst halb durch mit
dem Wahlkampf. Was da noch alles auf uns zukommt in
den nächsten Wochen! Bis der Alte seine dritte Amtszeit
in trockenen Tüchern hat.
Ich muss wirklich mal mit der Chefin reden. So ein
Pensum - das kann ich nicht mehr leisten. Schlägt sich
in die Bresche für den Wahlkampf und ich muss mitzie-
hen, krieg's ab. In Kilos, in Fett. Hierhin, dorthin.
Aber die Chefin wird dabei nicht fett! Die Chefin ist nur
ein Strich in der Landschaft.
Als wenn die im 22sten nicht ihre eigenes Sekretariat
hätten, um alles zu organisieren! Die Wiederwahl des
Alten ist doch ohnehin beschlossene Sache. Bei den Ge-
genkandidaten! Dr. Hoppe? Diese halbe Portion...

Die Kekse... Nicht anfassen. Kusch!
Da liegen sie. Direkt vor mir auf dem Schreibtisch. Aber
macht mir das was aus? Die Schachtel ist noch nicht mal
angebrochen. Und? Ich will sie gar nicht, ich hab gar
kein Verlangen sie zu essen. Jetzt nicht! Und selbst wenn
ich sie probieren sollte, heißt das noch längst nicht, dass
ich sie esse.

Allerdings, es ist doch ein Jammer, wenn sie nur dalie-
gen und niemand sie probiert. Immerhin ist es ein Un-
terschied, ob ich die Kekse probiere oder gleich die halbe Schachtel aufesse.

Ach, die Schachtel macht mich wütend! In die Schublade damit. Zuziehen. So, schon besser.

Jetzt endlich abschalten, entspannen.

Eigentlich... und wenn man überlegt...

Also, was soll's! Ich kann nichts dazu. Diese Kekse selbst wollen es so, sagen: probier mich.

Da, es ist doch eh schon so gut wie zwölf! Wieder raus mit der Schachtel. Öffnen. Her den Keks.

Jetzt bin ich aber enttäuscht.

Diese Kekse schmecken fast nach nichts. Da soll Honig drin sein? Vielleicht - da hilft nichts, als noch einen zu probieren. Sehr klebrig.

Der Aufzug? Was soll das? Jetzt in der Mittagspause? Das ist wirklich unverschämt. Wer..?

SIE! Das passt! Schon wieder diese unverschämte Person, die einen überfällt. Den halben Keks in den Fingern, einen zwingt zum Schlucken. Nur um sich höflich zu erkundigen, ob man dieser zweifelhaften Person noch helfen kann.

Aber diese Person - dreht nicht mal den Kopf, murmelt nur irgendetwas und spaziert einfach an mir vorbei.

Langsam bekomme ich wirklich das Gefühl, das da was faul ist. Mit der Bekanntschaft der Chefin zu dieser Person. Merkwürdig. Sehr merkwürdig ist das.

Aber diesmal werde ich die Chefin drauf ansprechen.

So, die Kekse haben doch dran glauben müssen. Aber jetzt sind sie wenigstens weg. Immerhin habe ich jetzt die Gewissheit, dass ich gar keine mehr zu kaufen brauche. Denn wenn ich keine kaufe, kann ich auch keine mehr essen. Keine Verlockung, keine Sünde.

Ich steh auf, gehe in unsre kleine Küche, wasch mir die Hände. Fremde Personen im Büro der Chefin machen mich immer unruhig. Vor allem, wenn diese bestimmten Personen eindeutig *nicht* dorthin gehören.

Schon fünf Minuten, und diese Person ist noch immer bei ihr drin. Dass die Chefin diese Person nicht hochkant rauswirft, ist nicht normal. Ich habe hier noch keinen Chef erlebt, der jemanden zur Mittagspause bei sich zulässt. Und ich sitz schon seit 20 Jahren, seit Ullrich, auf diesem Platz. Ullrich, dem Vor-Vorgänger unsrer Dr. Kitzlig, meiner Chefin. Das waren bisher drei Stadtkämmerer. Jeder hatte seine Eigenheiten, seine Rituale, seine Macken.

Aber eins war immer Gesetz: Jeher. Jede Störung zwischen zwölf und halbeins war und ist *unerwünscht.*

Darin stimmten alle Vorgänger der Chefin überein.

Siegel - der ließ sich stets verleugnen. Herbst - sonst eine Seele von Vorgesetztem, wurde sogar aggressiv. Und Wüst - da hätte selbst der Kaiser von China kommen können. Keiner von denen war zu sprechen in dieser Zeit, in dieser halben Stunde.

Umso sonderbarer, denk ich, setz mich wieder. Nervös wie ich jetzt bin. Diese Person da drin, die dort *nicht* hingehört. Das drückt wie ein Stein im Schuh.

Das muss festgehalten werden. Erst notiere ich mir die Frau in meinem privaten Kalender. Dann werde ich - schade, dass jetzt die Kekse alle sind…

Dr. Kitzlig

🖘 Also im Stadtpark. Erneut hatte sie den Treffpunkt bestimmt, mich überredet. Doch diesmal zitterte ich nicht.

Ein altes Huzzelweib in Gummistiefeln angelte mit einer Zange mühsam Müll und Flaschen aus den Büschen in einen Plastiksack. Bei ihrem Anblick schüttelte es mich. Sie mochte bedauernswert, weil arm sein. Nichtsdestotrotz war sie eine abstoßende Person, eine eklige, alte Vettel. Der klebrige Eindruck, die schmierigen Lumpen - einfach ekelhaft. Und ich dachte: Unser Stadtpark sieht wirklich schäbig aus. Warum gibt es in unsrer Stadt eigentlich so viele hässliche Menschen? So viele schmutzige Ecken?

Uli wartete.

Schon von Weitem konnte ich sehen, wie sie auf einer der verwitterten Bänke am Ostausgang saß.

Ihre Hand ging immer wieder mechanisch zum Mund, und die Sonnenbrille verdeckte ihr verquollenes Gesicht. Sie knabberte irgendetwas.

Nicht weil Uli allein saß und so bedauernswert wirkte - nicht weil ihr Gesicht sogar in der blassen Sonne ganz blass, fast gespenstisch aussah - nicht weil beständig schlechte und finstere Gedanken um sie schlichen wie räudige Kater, die ihr Revier verteidigen - nicht weil ich vom bloßen Hinsehen bereits den Alkohol an ihr roch - bestimmt nicht deshalb, tat sie mir leid. Sondern weil das oberste Brett der Rückenlehne fehlte, die Bank so schäbig, das Ganze so billig war. Deshalb.

Langsam kam ich heran, hörte immer deutlicher das Gekreische vom Spielplatz gegenüber.

Mit Stöckelschuhen läuft's sich hier besonders schlecht. Der Gehweg ist nur grob betoniert, sollte mal saniert werden. Andererseits: Wozu? Für wen? Für das Pack? Damit das Pack wieder alles verrammelt? So wie die Innenstadt?

Uli rührte sich nicht.

Sogar als ich längst neben ihr saß und den Umschlag zwischen uns legte, knabbert sie noch weiter. Studentenfutter. Ihre Sonnenbrille blieb starr zum Spielplatz gerichtet. Ihre Finger zitterten leicht, als sie eine einzelne Nuss zum Mund führte, kurz darauf eine Rosine.

Ich schnaufte auf, beugte mich vor und sah von ihr zum Spielplatz. Auf dem Rasen spielten einige Kinder Ball. Ein dicker Blonder in der Mitte grabschte ungeschickt nach dem Ball.

Das ist das letzte mal, sagte ich fest, tat abgeklärt. Unsinn. Ein Wort, ein Wink, ein Anruf von ihr, und ich, ich schwacher Mensch, ich dumme Kuh, würde umfallen. Zu ihr fliegen, ihr wieder Geld bringen. Geld, das ich vom Haushalt abschrieb. Geld, das der Stadt, dem Steuerzahler gehörte. Geld, mit dem ich mich strafbar machte. Und alles für ein bisschen Sex und Verständnis.

Aber Uli tat noch immer, als wenn ich Luft wäre, knabberte.

Uli, fasste ich zögerlich ihre Schulter, du bekommst nicht, was du willst. Nicht damit.

Sie unterbrach einen Moment ihr Knabbern, drehte kurz den Kopf mit der Sonnenbrille.

Ich nahm die Hand weg, sah zu, wie sie das angebrochene Tütchen Studentenfutter in den Mülleimer warf.

Ich brauch Möbel, sagte sie, sah geradeaus.

Ich stand sofort auf, hielt ihr eine Standpauke:

Du bist nicht ganz dicht. Vor allem aber nicht nur verbittert und moralisch degeneriert, sondern beschränkt. Deshalb will auch niemand etwas mit dir zu tun haben. Sieh dich doch an. Du hast keinen einzigen Freund, nichts woran du glaubst. Niemand vertraut dir oder wäre bereit für dich einzustehen. Du ziehst immer nur alles in den Dreck und machst dich darüber lustig.

Denkst du denn, dass du's damit schaffst? nahm ich den Umschlag, hielt ihn ihr vors Gesicht. Damit findest du nur Leute, die genauso verkommen sind. Und mit solchen Leuten lässt sich keine ehrliche Basis finden.

Jetzt weis ich's, fasste sie plötzlich meine Hand, dass ich sie überrascht ansah.

In ihr Gesicht kam Bewegung.

Ich werde dunkle Buche nehmen. Sobald wir gestrichen haben. Im Wohnzimmer kommt das gut.

Schwachsinn! riss ich meine Hand fort. Aufgebracht.

Was kümmert das dich? Deine Pläne gehen doch bestens auf. Karriere, Privatleben. Gehst dem Alten um den Bart, hast wieder deine Freiheit - zu der ich dir verholfen habe. Fehlt nur der Liebhaber. Aber der kann's dir nicht so gut besorgen, wie ich.

Hör zu, Uli, wurde ich deutlich. Nimm das Geld und mach Urlaub. Das hier muss aufhören. Denn eins ist doch klar. Jetzt kann ich's noch vertuschen. Später nicht mehr.

Eine Weltreise - über alle sieben Meere, wie? Nein, ich brauch Möbel. Ich hab mit den Jungs schon alles besprochen. Die Wohnung soll schick werden.

Mit den Jungs schon alles besprochen?

Mir fiel sprichwörtlich die Kinnlade runter. Ich konnte es nicht glauben. Da waren noch andere mit von der Partie? Die sie beteiligt hatte?

Du kannst dir die Wohnung ja mal ansehen, wenn wir fertig sind. Ich weis schon genau, wo was hinkommt.

Und für dich hab ich gestohlen. Ich hätte es nie getan, wenn ich gewusst hätte, dass du noch andere beteiligst, sagte ich.

Uli nahm die Sonnenbrille ab, sah mich an.

Ich es das, worüber du dir Sorgen machst?

Das Geld ist mir scheißegal. Aber ich versteh den Sinn nicht. Was hast du davon, andere zu beteiligen?

Gleich und gleich gesellt sich nun mal gern. Was stört dich daran. Ist doch nicht dein Geld. Und Sinn macht das schon. Etwas teilen ist doch immer schöner, als alles alleine fressen. Vor allem, wenn man's gar nicht wirklich braucht, nahm sie den Umschlag.

Also mach dir bitte keine Gedanken, fasste sie mir zum Abschied ins Gesicht, strich mir mit ihrem Daumen über den Mund, fuhr mir über die Brust. Lass es dabei. Hat schon alles seine Richtigkeit, egal wie's kommt.

Und damit ließ sie mich stehen und schlenderte davon.

Amberger

Als ich zum ersten mal diese lächerliche Abteilung sah, die ich gewählt hatte, kam 's mir bald hoch. Management? Personallogistik? Wie? Wo?
Dafür hatte ich mich also mit Müh und Not durch die Prüfung gemogelt! Um für die nächsten 40 Jahre mit einem Haufen Versager zusammenzuhocken? Irgendeinen Abteilungsleiter zu bauchpinseln?
Gefiel mir nicht.

Ehrlich, in dem müden Haufen saßen fast nur Hackfressen. Und eine komischer als die andre. Und jede davon saß an einem kleinen Schreibtisch, bekritzelte und stempelte Formulare und klebte stundenlang mit dem Hintern auf den Sitzen. In einer Tour blinkten und summten die nummerierten Ampeln über dem Türbogen. Dann latschten dauernd Leute rein und raus, zogen Nummernzettelchen wie an der Fleischtheke im Supermarkt. Hier ging es zu wie auf dem Bahnhof. Und was für Leute! Das reinste Pack. Der letzte Schrott. Fast nur Asoziale, Flüchtlinge, Sozialhilfeempfänger…

Das hatte überhaupt nichts Gediegenes, war wie auf dem Viehmarkt. Nein, hier gefiel's mir überhaupt nicht. Nein, in dem Stall würde ich nicht alt werden.

Na schön, sagte ich mir, vorerst muss es wohl. Schon wegen der Knete, der Absicherung, meinem Bruder, der meinen Eltern an die Brieftaschen ging und ihnen die Haare vom Kopf fraß.

Zuhause war's von jeher scheußlich. Katzenjammer hinten, Katzenjammer vorne.

Gefiel mir nicht.

Ich war nur froh, dass ich da raus war, aus dem Irrenhaus. Sogar wenn die mich in der Abteilung den ganzen Tag bloß hätten Kaffee kochen oder Druckerpapier schleppen lassen - ich wär geblieben.

Ich hatte nur eins vor, in den ersten Wochen - sehen was ging. Warm werden, ein bisschen mehr grinsen als unbedingt nötig, die Linie halten, mich ganz nebenbei festsaugen wie 'n Blutegel.

Den Start kriegte ich einigermaßen hin.

Der Abteilungsleiter war der typische Schreibtischhengst. Heimlichtuer, zugeschnürt bis zur Gurgel und in der Hose dauernd den Halbsteifen. Gewissermaßen vorbestimmt zum ewigen Abteilungsleiter, zum ewigen Schwätzer, zum ewigen Halbsteifen.

Sicher, sein Fach, das beherrschet er wie ein Affe den Baum. Aber er selbst hatte nichts. Nur öde Vernunft.

Da wusste ich sofort: DER denkt nicht mit seinen Eiern. Wusste: DER findet von seinem Schwanz ganz schnell wieder zu seinem Kopf.

Gefiel mir nicht.

Da kam nichts, sprang nichts zu mir über. Egal, wie arg er sich abmühte. Da war alles verkrampft. Eben halbsteif. Und jedes mal, wenn wir zur Mittagspause in die Kantine gingen, hing er mir auf der Pelle, machte gut Wetter, textete mich hochtrabend zu, quetschte mich aus: Was ich mochte? Meine Biografie und solchen offiziellen Käse. Baggerte total ungeschickt.

Gefiel mir nicht.

Kein Tag, ohne dass er in der Abteilung immer wieder verstohlen zu mir hinguckte, mich mit seinen Augen abfingerte wie eine alte Birne im Obstregal.

Traurig das.

Eigentlich tat er mir leid… das heißt, eigentlich doch nicht. Trotz Geschichte mit den Blumen.

Ich konnte mit ihm nichts anfangen. Nicht ums Verrecken. Halbsteife Typen gehen mir nicht rein. Haben immer was Undurchschaubares. Halbsteife gehen mir nie rein. (Selbst wenn ich's noch so wollte).

Fitzlein war anders. Schwanzgesteuert. Der war durchschaubar. Wie ein offenes Bilderbuch mit Großbuchstaben. Den mochte ihn. Mochte ihn, weil ich die Marke schon kannte. Da wusste ich ungefähr, was für einen Typ ich mir da kaufte.

Gefiel mir.

Beim halbsteifen Pflichtspricht (schon der Name - igitt! Also ehrlich!) wusste ich's nicht. Obwohl er Abteilungsleiter war. Bei dem konnte ich mir nicht vorstellen, dass er leichtfertig etwas gab. Dafür kam er mir viel zu vernünftig und sparsam vor. Der reine Erbsenzähler, und sonst nichts. Die Sorte Knauser, die im Laden den Cent fünfmal umdreht und dann doch nichts kauft. Einer Frau selbst das Träumen mit offenen Augen vermiest.

Gnade Gott derjenigen, die mit so einem noch verheiratet ist!

Beim schwanzgesteuerten Fitzlein ließ sich wenigstens was abgreifen und ein bisschen Spaß rauskitzeln.

Ich merkte es schon, als er mich zum ersten mal abholte, mit seinem Wagen prahlte, mich einlud in einen von diesen scheiß teuren Nobelschuppen, in denen der Wein schon soviel kostete wie ein vollgetankter Wagen.

Da wusste ich ganz sicher: DER denkt mit seinen Eiern.

Wusste: DER ist schwanzgesteuert!

Ich lachte, vor allem weil er so mächtig dick auftrug.

Gefiel mir.

Anscheinend hatte ich ein goldnes Huhn gefunden. Auch wenn das Meiste nur Show war.

Dass er ein Verschwender und nichts war, worauf man seine Zukunft baut, war mir von Vornherein klar.

Irgendwann würde sich das so oder so verlaufen. Entweder würde er an mir das Interesse verlieren oder ich würde ihn in die Wüste schicken. Doch für den Moment war er eine willkommene Abwechslung. Die letzten Jahre zuhause hatten mich richtig geimpft gegen die lächerliche Knauserei kleiner Leute mit ihrer hirnrissigen öden kleinen Welt.

Wie die sich abrackerten in ihren billigen Jobs, krank wurden, auf keinen grünen Zweig kamen und doch immer so weitermachten - armselig war das, so als hätten sie nie ihren eigenen Kopf benutzt.

Meine Eltern, diese fleißige brave Leutchen! Nicht das Geringste in Petto, nur ewig Sorgen und Streit, dauernd nur die öden Visagen, Verbote und keine Zeit.

Traurig das.

Zum Glück war ich sie weitgehend los, kam endlich mit den richtigen Leuten zusammen.

Fitzlein lud mich ein zu einer Party. Da war es proppen-voll. Da hockte anscheinend die halbe Stadt beisammen. Über 100 Leute.

Das Haus war schmuddlig, aber die Wohnung toll ei-gerichtet.

Gefiel mir.

Die Wohnung gehörte einem Freund von Fitzlein, einem Vertreter für, der dauernd im Ausland hockte. Deshalb war er auf den Parties nie da.

Es gab einen Tisch voller Schnittchen, kistenweise Sekt und Bier, sogar Champagner. Anscheinend hatte Fitz-lein, in Absprache mit seinem Freund, die halbe Stadt eingeladen. Das gefiel mir noch besser.

Fast alle Leute, die ich leiden kann, meinte Fitzlein.

Nur zwei Leute auf der Party kamen aus unsrer Abtei-lung: Das eine war Frau Specht. Dass die soff, hatte man mir in der Abteilung schon erzählt. Jetzt konnte ich sie live erleben. War lustig. Das andre war dieser Knoff, ein Typ, der so steif war, dass ich mich wunderte, wie Fitz-lein mit diesem komischen Stutzer befreundet sein konnte.

Überhaupt war's komisch von der ganzen Abteilung ausgerechnet die beiden hier zu finden. Eine Säuferin, die dauernd Trinksprüche riss und einen Stutzer, der nie redete nur an seinem Glas nippelte.

Und das einmal im Monat.

Sooft Fitzlein, in Absprache mit seinem Freund, eine neue Party schmiss, die zwei waren immer mit dabei.

Trotzdem wurde ich nicht groß warm mit den beiden.

Frau Specht, die nur soff und mit jedem anstieß, war zwar lustig, aber mit mir wollte sie sich irgendwie nicht groß unterhalten. Und dieser Knoff - dieser Knoff hockte bloß stumm neben dem Buffet, als wäre er auf der falschen Beerdigung. Mit dem redete sowieso niemand.

Aber die beiden störten mich nicht. Mein goldnes Huhn legte schließlich fleißig Eier für mich.

Fitzlein machte mir immer wieder Geschenke. Eine neue Kette, ein Paar Ohrringe, eine Armbanduhr.

Und nichts davon Ramsch.

Gefiel mir.

Schön das.

Sorgsam wie ein Buchhalter rechnete ich aus, was ich durch ihn sparte, kam immer mehr ins Plus. Schließlich konnte ich meinem kleinen Bruder sogar genug für seinen Lappen geben.

Ich hatte keine Ahnung woher Fitzlein die Knete nahm. Aber es war eindeutig mehr, als er verdienen konnte. Allerdings interessierte mich das nicht weiter.

Neugier schadet nur, verschreckt das Glück.

Egal wem Fitzlein den Segen abpresste, mir gefiel, wofür er ihn rausschmiss. Parties, Restaurants, Schmuck - für mich!

Was ich hab, das hab ich.

Die Arbeit im Bürgerservice wurde derweil zusehends zum Witz. Da gab's nicht die geringste Abwechslung. Die Arbeit war lächerlich, die Leute stressten nur ab und die Kollegen waren langweilig. Aber schließlich musste der idiotische Stempel drauf, damit alles formell in Ordnung war.

Knoff

🔫 Der Fettsack hinter der Theke und die Gäste an den Tischen verschwammen.

Da waren nur noch Specht, mein Hintern auf dem Barhocker und die ausgeblichenen Geldscheine, festgepinnt an der Rückwand vom Tresen. Die Geldscheine, in denen jede Null auf der Lire und Drachme ihren Platz behielt.

Ex?

Ex!

Wieder rann mir etwas Kaltes durch den Hals, erst ein langer milder Schluck, dann kurz und scharf. Und ich sah die Geldscheine immer klarer, freute mich und wartete auf den Moment, bis meine Gedanken zur Pfeilspitze wurden. Erst jetzt an der Theke, jetzt, da meine Sinne geschärft waren, konnte ich meine Gedanken endlich nachhaltig zusammenfassen. Dann war es soweit. Der Fels im Verstand, tief vergraben im Stammhirn geriet ins Rollen. Und fiel ins stille Meer der eingeschläferte aller Gedanken. Jetzt kam sie raus, die Quintessenz. Und der Stein der Weisen war -

Scheiße, murmelte ich.

Und endlich schrumpfte alles ins Verständliche und Erträgliche und wurde doch soviel größer.

Das ist, wenn die Sekunden des Vergessens die verkorkste Wirklichkeit übertölpeln. Die Wirklichkeit, in der alle nur so viel reden und etwas tun, weil allein schon die Ahnung, wie armselig wir in Wahrheit sind -

Meine Freundin Ulrike schob mir ein neues Glas hin.

Komm Gaius-Marius, das eine packst du noch, meinte sie. Und ihr Ellenbogen stieß zu.

117

Ich stutzte kurz, dachte angestrengt nach. Aber alles, was ich eben noch überlegt hatte, war plötzlich weg. Meine ganzen schönen Gedanken zum Teufel.

Missmutig sah ich auf zu den Geldscheinen hinterm Tresen, suchte Halt. Aber sogar die Zahlen darauf verschwammen jetzt, genauso wie das Übrige.

Ihr Ellenbogen wurde immer härter, ihr übertrieben geschminktes Gesicht zusehends verschlagen.

Ex?

Ex!

Und das Glas kam stumpfsinnig näher, wollte, dass ich an ihm trank, wollte mich überreden.

Komm, komm, beruhig dich. Trink! meinte sie.

Trink! äffte ich und nahm das hingeschobene Glas. Du glaubst auch, du kannst mich ausnutzen, du scheiß Beamtin, wie? Ausnutzen und dann weg mit ihm, rief ich.

Ich glaube, ich war betrunken und etwas ungehalten. Irgendetwas reizte mich.

Was ist denn, Gaius-Marius?

Sie sah mich so mitfühlend an, dass ich sofort ein schlechtes Gewissen bekam.

Der Stillstand, murmelte ich fassungslos, aber ohne Sinn. Im nächsten Moment schüttelte ich mich, kam wieder zu mir, fasste vorsichtig nach ihrer Schulter: Entschuldige, bitte.

Lass das, nahm sie meine Hand aus ihrem Gesicht, grinste. Bist besoffen, mein Alter, was? Komm, ex!

Im ersten Moment schwieg ich. Der Schock saß zu tief.

Nein, danke. Ich danke dir, sagte ich gerührt. Damit die Tränen drin blieben, stieß ich Daumen und Zeigefinger in beide Augenwinkel.

Endlich ging mir auf, dass ich einen Haufen Stuss schwafelte.

Als ich die Kneipe verließ, war mir hundeelend. Die Straße und die Lampen schwanken, die parkenden Autos tanzen. In meinem Hirn pulsieren Reißnägel, stoßen von innen gegen die Schädeldecke.

Die Bordsteine nahmen jedes mal Anlauf, sprangen hoch, wollten dass ich an ihnen stolperte. Aber ich sprang höher. An einem einsamen Eck hing Hoppe, der weißbärtige Gegenkandidat vom großen Tintenfresser, unserem Alten. Lächelte. Ein Plakat auf Holzpappe. Hoppe, die große Hoffnung der Buntmaler. Der Partei der Weltverbesserer, der Hoppe angehörte. Lächelte.

Was musste ich jetzt doch pissen! Hatte einen Druck, das war abartig, das war tierisch!

Hose auf.

Und dann geschah das Außergewöhnlichste und Intensivste, was ich je erlebt hatte: Mein Schwanz - explodierte! Und ich flog förmlich auseinander. Ich schwankte. Ich stützte mich von der Hausmauer ab. Ich platzte, konnte nichts mehr kontrollieren.

Der Druck war so stark. Noch nie hatte ich sowas erlebt. Ein Druck, als hätte ich tagelang keinen Tropfen gepisst. Der Druck war so stark, ich hielt meinen Schwanz, konnte den Strahl, meinen Schwanz aber nicht mehr kontrollieren. Der Druck war so stark. Ich konnte meinen Schwanz nicht mehr halten. Mein Schwanz ging durch. Mit mir. Schwenkte mit meiner Faust plötzlich übers Plakat, zerlöcherte das Gesicht von Hoppe.

So stark war der Druck. Und wie intensiv!

Es prasselte nur, riss mich mit. Ich dachte, ich würde ohnmächtig werden, stöhnte, raunte, grunzte. Wie ein sterbendes Tier. Verdrehte die Augen. Und pisste doch immer weiter.

Oh je! Was hatte ich nur gesoffen, dass!

Ich pisste nicht mehr wie ein Mensch, brunzte nicht mal mehr wie eine Kuh oder ein Elch. Es prasselte, platschte, zischte. Ein Sturm aus der Hose.

Das war schon kein menschliches oder tierisches Pissen mehr. Das war das Pissen eines Ungeheuers, einer Bestie, die große Welle, Noahs Sintflut.

In irgendeinem Fenster ging plötzlich ein Licht an.

Hey! rief jemand von oben. Was is los? Sauerei!

Jemand lachte.

Aber da war kein Hoppe mehr, kein Fenster, keine Straße. Nur dieser mörderische Druck, und diese grenzenlose Erleichterung.

Um Himmels Willen! Mir wurde fast schwarz vor Augen. Es war ein Wunder, ein Alptraum. Noch ein bisschen, ein kleines bisschen stärker, und ich würde zusammenfallen, sterben. Oder abheben und fortfliegen.

Und es nahm kein Ende. Es kam einfach und nahm kein Ende. So peinlich, so demütigend! Und ich konnte mich nicht dagegen wehren.

Oh Gott! Wo kam das nur alles her?

Ich stöhnte, grunzte immer weiter, verdrehte die Augen, war ausgeliefert. Der Druck in meinem Schwanz riss mich von der Mauer, riss mich herum, ließ mich mitten über die Straße taumeln. Pissend. Zwischen Schrecken und totaler Erleichterung.

Ein Auto hielt an, hupte. Jemand lachte wieder. Wahrscheinlich hielt man mich für einen Geistesgestörten.

Mühsam stellte ich mich aufrecht, spürte, wie der Druck langsam nachließ und ich wieder zu mir kam.

Ich sah Leute, sah mich beobachtet, kam mir ertappt vor.

Und ich rannte los. Bloßgestellt, beschämt. Noch immer am Pissen, während mich ihre Blicke, ihr Gelächter verfolgten und ich sie praktisch hören konnte:

Seht, da rennt er und pisst, der Pisser! Lasst ihn laufen. Oder: Halte ihn.

Ich rannte. Pisste noch. Aber schwächer.

Eine, zwei Minuten. Ich hatte keine Ahnung wie lange ich mitten über die Straße getaumelt war. Pissend. Grunzend. Den Blicken fremder Zuschauer ausgeliefert.

Ich rannte, bepisste mich im abklingenden Druck. Nach einigen Straßen war alles vorbei.

Meine Hose war durchgeweicht, und ich noch immer besoffen und nass von der Taille bis zu den Schuhsohlen.

Ich war schockiert. Nicht von meinem Zustand, sondern meinem Erlebnis.

Zum Glück war es dunkel.

So kam ich unbehelligt nach hause.

Selbst am nächsten Morgen war ich noch schockiert. Ich konnte das nicht mit mir rumtragen, rief meine Freundin Ulrike an.

Gaius-Marius. Was gibt's? Bist du gestern Nacht gut heimgekommen? Hallo?

Sie gähnte.

Ich schwieg einen Moment, sammelte mich erneut, bekämpfte meine Scham und den Gedanken, dass ich mich lächerlich machte.

Mir ist gestern Nacht etwas passiert, sagte ich schließlich, zitterte sogar beim Reden. Etwas Außergewöhnliches ist mir passiert.

So? Und was?

Ich… das ist kein Witz. Ich habe gepisst. Der Druck - das war unfassbar. Ich dachte wirklich, ich explodiere.

Specht

Hundgeburt? Dienstaufsicht? Und?
Amen.

Wen kümmert's? Was soll's?

Kommt da an und macht einen Aufriss. Kopflos, wie üblich. Macht sich ins Hemd, die Arme.

Ob ich das Geld noch…

Die Katze hat sich im Teppich festgekrallt. Stellt sich aber auch quer!

Dienstaufsicht. Und schon kriegt sie die Flatter.

Dienstaufsicht. Was für ein machtvolles Wort! Jetzt habe ich aber Angst. Ich schlottere schon.

Lächerlich!

Soll ich jetzt vielleicht mit zittern? Soll mir der Arsch auf Grundeins gehen?

Ich habe andere Probleme im Moment. Meine Katze ist krank und muss zum Tierarzt. Jetzt. Das Geld ist sowieso längst weg. Ausgegeben. Rausgeschmissen. Ende, Aus, Sense!

Hundgeburt? Dienstaufsicht? Wahrscheinlich schon morgen? Und weiter?

Sagt: sie weis was es heißt, wenn Hundgeburt bei uns herumschleicht. Hundgeburt mit seiner großen Nase. Hartnäckig. Nimmt ohne den geringsten Verdacht plötzlich Stichproben. Hat es damals in unsrer Abteilung selbst mitbekommen, sagt sie. Nur der geringste Verdacht und er beißt sich fest. Denk an Heinig, erinnert sie mich.

Heinig? Ach, der! Ich erinnre mich. Halbwegs.

Heinig. Idiot!

Heinig, Rotkopf an der vier.

Dort, wo inzwischen der fette Pelzer sitzt, der morgens schon drei Schneckennudeln frisst.

Heinig: Sein Partner in der Asylbehörde hatte sie vorbereitet - die Aufenthalte für eine ganze Reihe Illegaler. Ostafrikaner oder so. Ungefähr hundert.

Keine Ahnung, was genau es war und wer, außer den beiden, noch mit abkassierte. Keine Ahnung, wo die Nordafrikaner in Wahrheit unterkrochen.

Heinig jedenfalls schrieb die Wohnadressen.

Bis sie aufflogen.

Heinig erfand keine Phantasieadressen. Dazu hatte er zu wenig Phantasie. Aber offenbar prüfte irgendwann irgendjemand nach - Hundgeburt! Prüfte nach, so wie in Deutschland immer irgendwann irgendwer alles nachprüft. (Bevor noch einer denjenigen prüft, der geprüft hat).

Nun, die Adressen gab es. Obwohl es hundert mal die gleiche Adresse war. Angeblich. Aber das ging. Da hatte Heinig keinen Fehler gemacht. Denn die Nummern der Wohnungen waren schließlich immer andere.

Nur handelte es sich bei der angegebene Adresse um einen Wertstoffhof. Wertstoffhof Süd. Dort wohnte keiner. Natürlich schickte man trotzdem jemanden hin. Nachprüfen. Sicher war sicher. Vielleicht hausten die Ostafrikaner, mittlerweile verschollen, ja tatsächlich dort. In irgendwelchen provisorischen Containern. Wer konnte das schon genau wissen? Bei der Organisation? Bei der Schwemme an Flüchtlingen? Da kam die Verwaltung doch kaum hinterher Unterkünfte für alle Flüchtlinge zu organisieren.

Wie sich herausstellte wohnte dort, auf dem Wertstoffhof Süd, aber *nachweislich* niemand. Zumindest keine hundert Ostafrikaner.

Und das war Pech für Heinig, und Pech für alle Ostafrikaner, die draußen, vor der Vier, noch warteten und ebenfalls woanders unterkriechen wollten. Oder es war ihr Glück. (Mehr bekam man im Haus nicht mehr mit von der Sache.)

Allerdings will ich mich im Augenblick nicht an jede Einzelheit erinnern.

Heinig war ein Idiot, ein Trottel. Heinig ist abserviert, für alle Zeit entfernt. Heinig ist weg. Friede seiner Bestechlichkeit, Friede seiner Akte.

Was kümmern mich alte Geschichten? Was kümmern mich Hundgeburt und die Dienstaufsicht?

Meine Katze ist mir jetzt wichtiger.

Sind wir bestechlich? Haben wir hundert Ostafrikaner verschwinden lassen? Nein. Das bisschen Handgeld. Kleingeld, sag ich. Sonst nichts.

Also, was soll schon passieren?

Da steht sie und starrt mich an, kann meine Einstellung nicht begreifen.

Ist meine Einstellung denn wirklich so unfassbar? Hast du Angst um deine Stellung? frag ich, krieg die Katze endlich aus dem Wohnzimmerteppich.

Wälz die Sache halt auf mich ab. Lässt mich doch kalt.

Peanuts! Bagatellen! Die paar Mille.

Soll ich mir darüber etwa den Kopf zerbrechen?

Während die Herren unserer Stadt Millionen verschleudern? Während die Herren der Welt Milliarden stehlen? Bestimmt - nicht!

Wie soll er's rauskriegen?

Hast du deine Unterlagen denn nicht in Schuss? Außerdem, du stehst doch gut mit beiden? Dem Alten und auch dem Jungen? Dem kleinen und dem großen Tintenfresser? Also!

Endlich, in die Transportbox mit der Katze.

Und wenn, was soll denn passieren? Ernsthaft.

Dann beißen wir eben in den sauren Apfel. Wir alle. Und? Geht davon denn die Welt unter? Was können wir schon verlieren?

Hat sie's vergessen, die Ärmste?

Wir sind nur klein. Nur kleine Dreckspatzen. Nur kapitale Staubkörner, Mikroben. Ist es nicht natürlich, dass wir, da klein, zur Rechenschaft gezogen werden?

Kleine Dreckspatzen, kleiner Dreck.

Kleiner Dreck ist übersichtlich. Schmiert nicht, zieht keine Kreise. Keine Kreise, keine Störung. Keine Störung, sauberer Wisch. Das nennt man konsequent. Ist das so schwer zu verstehen?

Frage: Liegt dir denn soviel an deiner Stellung? Deinen unbefleckten Leumund?

Lass ruhig die Späne fallen. Die fallen ohnehin. Fallen immer. Da schließlich auch immer gehobelt wird.

Tatsächlich?

Dann ist das dein eigenes Verschulden. Und jetzt entschuldige, sag ich. Du siehst ja, ich muss dringend zum Tierarzt. Mit meiner Katze.

Noch aufmuntern? Gut.

Ach, Mädchen, mach dir doch keine Sorgen. Wird schon alles glattgehen. Halt einfach die Füße still. Dann geht der Kelch auch vorüber. Ja?

Nicken. Seufzen.

Auch recht.

Und jetzt muss ich los. Falls du noch bleibst, ziehst du dann nachher einfach von außen die Tür zu? ruf ich. Danke.

Amberger

☞ Wir standen unten im Forum, standen daneben und glotzen und staunten. Allesamt. Die ganzen scheiß Leute, die in der Nähe standen und es mitbekamen.

Herr Kalb war's. Dieser Fettsack. Der baute Scheiße. Der nahm die letzten beiden Schnittchen von einer der Platten und baute Scheiße.

Überm Eingang hing die Banderole: *25 Jahre Bürgerservice - Näher am Menschen.*

Sie hatten im Foyer Stehtische und etliche Platten fürs Buffet aufgebaut. So an die fünfzehn Tische, alles voller Schnittchen. Platten mit Schnittchen, die sich die Leute reindrücken konnten. Von allem reichlich und alle Platten voll, und der Nachschub kam schnell.

Außer bei der einen Platte, auf der mal die Schnittchen mit irgendeinem speziellen Käse gelegen hatten. Da gab's wohl 'n Engpass. Anscheinend hatte jeder, der hier war mal zugegriffen und eins verdrückt.

Bis auf Kalb.

Der hatte sich zwei von der Platte genommen. Und ausgerechnet die letzten. Und hinter ihm stand in diesem Moment irgendeine Dicke, die auch an die Platte wollte. Aber Kalb bekam das irgendwie nicht mit und nahm beide. Und so fing's an.

Der Blick, den die Dicke Kalb zuwarf, sagte eigentlich schon alles, bevor sie noch was zu ihm sagte.

Viiielen Dank!

Entschuldigung…, meinte Kalb, der noch halb das Maul voll hatte.

Aber man merkte, dem passte das gar nicht, so von oben runter und abgebügelt werden. Der sah auf einmal aus, als hätte die Dicke genau den Nerv bei ihm getroffen.

So einen gemütlichen Fettsack kriegt man eigentlich schwer aus der Knete. Da braucht's schon wenn. Aber wenn, dann wird's ernst.

Entschuldigung, aber ich wusste nicht, dass man hier Schnittchen reservieren kann, meinte Kalb.

Aber die Dicke, die ging da gar nicht drauf ein. Die drehte sich nur verächtlich ab, ging langsam davon, während Kalb ihr nachrief: Außerdem ist doch genug da. Hallo, ich rede mit Ihnen!

Aber da drehte die Dicke sich um, und Frau Specht flüsterte uns schnell zu: Die Dicke, die bei Kitzlig im Vorzimmer sitzt - Tadeus, bevor die Dicke Kalb wieder ansah. Angewidert, nur eiskalt angewidert.

Und immer mehr Leute bekamen spitz, was zwischen den beiden Dicken da abging: Futterneid unter Kollegen. Das war nicht ohne.

Kalb hatte zwar die beiden Schnittchen verdrückt, doch jetzt ging's drum, wer hier als nächstes wen verdrückte. Die Dicke, diese Tadäus oder Tadeus, oder wie sie auch hieß, setzte nämlich noch eins drauf. Mit ihrer Art beleidigt zu sein. Beleidigt, weil Kalb wohl das eine Schnittchen verdrückt hatte, das sie sich ausgespäht hatte. Beleidigt, weil Kalb jetzt auf Verständnislos machte. Kurz, wahrscheinlich deshalb beleidigt, weil Kalb genauso fett und deshalb sowieso Konkurrent (Fressfeind) und verdächtig war.

Sie sind anmaßend, meinte die Dicke.

Was sagen Sie? meinte Kalb.

Und Kalb, der wurde richtig blass, dem fiel fast das Schweinegesicht runter. Dem stand der Mund offen und die Stirn hing ihm runzlig über die Augen.

Aber bloß für eine Sekunde. Dann hatte er sich wieder gefangen, schüttelte wieder den Kopf und zuckte unschuldig mit den Schultern. Unschuldig, weil er überhaupt nicht darüber nachgedacht hatte, dass die letzten beiden Schnittchen auf der Platte, die letzten beiden Schnittchen auf der Platte waren. Und unschuldig, weil alle andern Platten noch so gut bestückt waren. Deshalb. Und deshalb wurde er jetzt aufgebracht.

Was ist eigentlich ihr Problem? fragte er.

Da stießen die richtigen beiden Fleischberge zusammen. Da ging es nicht mehr ums Recht auf die letzten Schnittchen, sondern um weit mehr, als man begreifen konnte.

Die beiden Dicken - jetzt waren sie Feinde. Wegen einem Schnittchen, das fehlte. In einem Haufen von tausend Schnittchen, die da waren.

Anscheinend hatte irgendjemand von der Servicefirma aber inzwischen begriffen, dass die Platte leer war. Denn so ein flotter Pinguin kam stramm angelaufen mit einem Korb. Der quoll über vor Schnittchen, genau mit den Schnittchen, die fehlten. Für Kalb war das wie bestellt. Der atmete auf, weil 's ihm wohl so vorkam, dass er mit seiner Frage ein bisschen grob gegen die Dicke geworden war.

Hier, sehen Sie, machte er Platz und zeigte versöhnlich auf die Platte, die der Pinguin hastig vollud.

Also…, lud er, feuerrot im Gesicht, diese Tadäus mehr oder weniger zum Zugreifen ein.

Neeein, nein…, meinte die, während sie zum Ausgang ging und eine ablehnende Handbewegung machte.

Das stank bei der regelrecht nach verletzter Würde. Der Schluss, dass sie: Unverschämtheit! murmelte, passte perfekt dazu.

Und so endete dieser komische, dieser Witz von einem Schrei. Die Dicke ging, und gleich drauf verdrückte sich auch Kalb.

Und alles lief weiter.

Nur ich und Fitzlein standen noch da und staunten beeindruckt, dass es sowas hier gab, wo irgendein Sekretär zur Eröffnung vorher eine halbe Stunde über das *Näher am Menschen* gelabert hatte.

Und das war das einzig Interessante bei dieser öden Jubiläumsnummer. Die einzige Abwechslung zwischen so vielen Langweilern in diesem lahmen Schuppen.

Frau Buda

☞ Wie, reich?

Reich eben, viel Geld, meinte Teufel. Fährt jetzt sogar mit'm neuen Kabrio durch die Gegend. Stellen Se sich das mal vor. Ich frag mich, wo hat der bloß das Geld her! Vermietet der denn seine Wohnungen gegen Gold?

Vielleicht gespart? Oder auf Pump.

Nee, dafür hat der doch null Ehrgeiz. Und Geld leihen? Schulden machen? Nie im Leben. Nee, da steckt was ganz andres dahinter, was ganz andres, meint der.

Und ich guck den Teufel an, wart ob noch kommt. Aber der is offenbar durch damit, hat's gesteckt. Schnappt wieder seinen Mop.

Trotzdem, schönen Tag noch, Frau Buda, seufzt er und wischt weiter.

Jetzt muss ich selber nachdenken. Sein Bruder hat plötzlich Geld?

‚Da steckt was ganz andres dahinter'.

Scheint mir auch so.

Sein Bruder, war das nicht…, denk ich. Und da geht mir endlich ein Licht auf. Diese komische Madam, Christ und die Wohnung. Was sonst? Das ist's.

Betrogene Trottel! Christ, ich. Wir!

A-ha, so läuft das also! Und da soll man noch ernsthaft an Gerechtigkeit glauben? Sowas macht mich wild! Da, guck an, wie heimtückisch.

Ich schluck die Wut, ich beiß die Zähne zusammen, schließ die Wohnungstür auf.

Christ, der plumpe Klotz, hockt wieder am Esstisch, kaut wieder träge, guck mich an wie 'n Tropf. Ein Kreuz mit dem Mann. Wie immer.

Wir sin Trottel, sin Trottel, sin betrogen worden! ruf ich. Ha, da hast du's, Herr Buda, klatsch ich den Einkaufskorb auf den Tisch, dass er zusammenfährt.

Was?

Mümmelt bloß an seinem angebissenen Doppelten und guckt sich um, als ob tatsächlich irgendwo was wär.

Aber dem steck ich's jetzt, dem Holzkopp. Dem sag ich's schon. Blitz ihn an, sag: DEIN - UNSER Geld! Die Fünftausend, die für uns waren, die hat sein lieber Bruder, der andre Teufel einkassiert. Der hat das unser Geld. Und vielleicht noch mehr.

Was?

Da sitz er, der Trottel, das Brot in der Pfote, sperrt bloß den Mund auf.

Was? Was? Muss man dir denn jedes mal eins und eins zusammenzählen, damit du auf zwei kommst? frag ich. Also: Diese Frau, deine liebe Kollegin, hat die Wohnung doch gemietet. DIE Wohnung, die du für sie aufgerissen hast. GRATIS. DAS Geld, UNSER Geld hat der Teufel dort einkassiert. Also der Bruder von unsrem Teufel hier. Jetzt klar?

Hat er dir das… was genau hat er dir gesagt?

Eben das! Sein Bruder hat plötzlich einen Haufen Geld.

Und wenn schon. Deshalb weist du ja noch lang nicht, wo genau der das Geld her hat, winkt Christ ab.

Holzkopp! Nicht wissen? Schließlich kann ich zwei und zwei zusammenzählen, sag ich.

Aber Christ dreht sich weg, kaut stumpfsinnig weiter.

Mit dem Mann kann man einfach nicht vernünftig reden. Der ist doch wie ein Stein. Landet dort, wo man ihn hinschmeißt, nimmt jeden Tritt hin.

Aber nicht mit mir.

Ich geh rüber ins Wohnzimmer, geh rum wie im Käfig, denk nach.

Hohes Ross auf dem Se da sitzen, meine Dame, verdammt hoch. Schon mancher runtergefallen von da oben - oder runtergeholt worden. Uns mal so nebenher übergehen, und die fünf Riesen verbraten. Kommt sich wahrscheinlich noch clever vor und lacht sich ins Fäustchen.

Um mich abzuregen nehm' ich den alten Lappen und wisch ein bisschen den Fensterrahmen, denk weiter.

Mit uns Pöbel kann man's ja machen, wir sin ja minderwertig, Fußvolk. Ha! Aber der Dame werden wir 'n sauberen Strich durch die Rechnung machen. Die kriegt eins drauf, und zwar jetzt gleich! werf' ich den Staublappen hin und nehm' das Handy. Unterm Tischchen liegt die Nummernliste vom Rathaus. Die brauch ich.

Ich ruf an.

Ja, Buda hier, sag ich. Bitte geben sie mir jemanden von der Dienstaufsicht.

Ich steh am Fenster, warte. Warte. Bis das minutenlange Dudeln vom Band abbricht und sich einer meldete.

Das dauert und dauert.

Endlich. Irgendein Kerl nennt seinen Namen. Irgendwas mit Hund.... Aber dadrauf acht ich nicht. Hab ja längst meinen Text.

Tag, ich hab da was für Sie, was Sie bestimmt interessiert! sag ich. Überprüfen sie doch mal eine ihrer Mitarbeiterinnen. Ihr Name ist Specht. Wie der Vogel, erkläre ich, halte den Staublappen, wisch nebenbei unsrem Keramikengel auf der Fensterbank Flügel und Kopf.

Und er fragt.

Nein, das kann ich nicht. Ganz recht, vertraulich. Aber Sie sollten ihre Kassen überprüfen. Und auch diese Dame. Die Dame, von der ich hier rede, die hat was zu verbergen. Ja, Specht ist der Name. Genau wie der Vogel.

Und er fragt.

Nee, aber ich bin sicher, das bringt Sie weiter, auf Wiederhören.

Ich lege auf.

Als ich mich umdrehe, steht Christ in der Wohnzimmertür. Sieht mich so wehleidig an, als tät' ihm was weh.

So sieht er aus, wenn ihm was nicht passt. Wenn er was sagen will, aber den Mund nicht aufkriegt.

Was denn? frag ich.

Furchtbar sowas. Wie beim Baby. Braucht den Klaps, damit's sein Bäuerchen macht.

Und was er sagt, das is wie ein Bäuerchen. Nur ein leises Wörtchen, ein schwaches Seufzerchen:

Carmen.

Mein Name.

Und damit dreht er sich um, so leise, wie er aufgetaucht is. So geht er und schüttelt seinen großen, dicken Holzkopp.

Also echt. Macht mir noch Vorwürfe, wo ich für uns… Den Mann soll einer verstehen!

Pflichtspricht

Das winzige Büro, die einzelne Kaktee. Nichts Persönliches.

Ich lauschte. Beflissen. Gewissermaßen diszipliniert wie bei unserem damaligen Spieß, bei der Stubeninspektion.

Seine Gegenwart sorgte ganz alleine dafür. Dabei trug er nicht mal eine Krawatte.

Dass manchem da, salopp gesagt, der Arsch auf Grundeis ging, konnte ich verstehen.

Doch von vorne:

Es war etwas passiert, etwas sehr Ernstes. Seine düstere Stimme klang wie das Unheil selbst.

Jetzt gleich? fragte ich.

Kurz darauf schoss ich los, rauf in den 18ten.

Wie die meisten kannte ich ihn nur vom Hörensagen. Doch im Haus galt er als berüchtigt. Zumindest wusste jeder Beamte unserer Stadt, wer er war. Und das bei über dreihundert Mitarbeitern.

Um unnötige Floskeln zu vermeiden…, begann er. Kurz gesagt: In ihrer Abteilung stinkt's!"

Ich erschrak, fühlte einen Stich in der Brust.

Er hielt sich wirklich nicht lange auf.

Nicht möglich, sagte ich, rollte nun alarmiert näher zur Kante des Schreibtischs.

Gebannt lagen meine Augen auf der Mappe, die gefährlich unter seinen gefalteten Hände ruhte.

Sein Gesicht blieb wie in Stein gemeißelt, während er, reglos bis auf den Kopf, nickte.

Doch, Herr Pflichtspricht. Und nicht nur möglich, sondern sicher. Es stinkt.

Nicht möglich, sagte ich nun in gebührender Bestürzung. Da ich noch nicht wusste, woran ich war, schluckte ich vorsorglich. Seine strenge Miene machte mich unsicher. Der Mann sah nicht aus, als wäre er zu Scherzen aufgelegt. Nicht mal, als könne er nur ansatzweise schmunzeln.

Eigentlich war er ein schmächtiges Kerlchen. Fast jeder, selbst ich hätte ihn gepackt. Trotzdem hatte etwas Eindrucksvolles an sich. Und nicht nur durch seinen geschorenen Kopf und seinen entschlossenen, eindringlichen Blick.

Er roch - nach entschlossener Macht. Das war es. Der Macht, die lähmt und entwaffnet, wen sie trifft. Mit harten Augen. Den Augen, die *nichts übersehen*.

Überhaupt wirkte das winzige, mickrig eingerichtete Büro direkt beängstigend. Wenn ich daran dachte, was für eine Position er innehatte.

Der Mann saß im 18ten, saß fast ganz oben, und war doch völlig eingeschränkt. Nicht mal seine Arme konnte er seitlich komplett ausstrecken, ohne hier ans Fenster und da an den Aktenschrank zu stoßen.

Das hier sah nicht gerade nach Besoldungsgruppe A 12, gehobenem Dienst aus. Eher nach Besenkammer.

Und das war es, was mir im Grund Angst einjagte.

Bei Ihnen gibt es offenbar mehr als nur ein schwarzes Schaf, fuhr er unbehelligt fort.

Angespannt hob ich meinen bleischweren, schon feuchten Rücken aus dem Bürostuhl, neigte mich vor zur Tischkante und sah ihn bekümmert an.

Zaghaft, mit brüchiger Stimme setzte ich an:

Wenn ich vielleicht...

Sein leises Seufzen ließ mich zusammenzucken.

Entschuldigen Sie, aber wenn ich wüsste, wie ich's anders anpacken soll, würde ich Sie sicher nicht ins Vertrauen ziehen, meinte er und blickte nun seinerseits bekümmert.

Mir fiel sprichwörtlich eine Last von den Schultern.

Rasch wich ich zurück von der verhängnisvollen Tischkante, atmete durch und straffte mich. Mein Eifer erwachte.

Herr Hundgeburt, wie kann ich Ihnen helfen?

Ich bitte Sie nicht etwa zu spionieren. Verstehen Sie mich nicht falsch. Es geht allein um Aufklärung. Immerhin liegt Veruntreuung vor. Das ist kein Pappenstiel. Selbst wenn die Hintergründe noch nicht ganz ersichtlich sind. Falls Sie sich der Aufgabe nicht gewachsen fühlen...

Ich fühle mich der Aufgabe voll und ganz gewachsen!

Ich bitte Sie also um ihre Hilfe. Falls Sie sich trotzdem wie ein Spitzel vorkommen sollten...

Ich fühle mich der Aufgabe voll und ganz gewachsen! bekräftigte ich. Mein Eifer kannte keine Grenzen.

Es war beruhigender den Mann hinter als gegen sich zu wissen.

Im Schmutz von andern wühlen, macht selbst schmutzig. Aber im Interesse der Stadt bitte ich sie trotzdem herauszufinden, wer aus ihrer Abteilung beteiligt ist.

Ich fühle mich der Aufgabe voll und ganz gewachsen!

Sie sind sich sicher, ja?

Ganz langsam nahm er nun die Hände von der Mappe, zog ein einzelnes Blatt vor. Die Stelle auf der Mappe, von der er seine Hände nahm, wellte sich. Ein Personalbogen. Eindeutig.

Blitzartig kehrte er ihn um, hielt ihn mir vor Augen.

Das ist die Dame bei Ihnen, um die es geht. Sie kennen sie?

Natürlich.

Ich las den Namen, betrachtete kurz das überholte Passfoto, hätte am liebsten einen Pfiff ausgestoßen, rieb mir insgeheim die Hände. Ich konnte mir schon denken mit wem aus meiner Abteilung sie zusammensteckte.

Gleich darauf zog Hundgeburt den Personalbogen wieder fort.

Also, ja…, fuhr er mühsam fort. Es gibt da offenbar noch verschiedene Verbindungen zu andren Kollegen. Meine Bitte jetzt: Suchen Sie die Mitarbeiter, die in ihrer Abteilung mit ihr zusammenhängen. Falls Sie...

Bis wann erwarten sie meinen Bericht?

Falls Sie sie finden. Sie kennen ihre Leute, wissen mit wem sie untereinander so verkehren, kennen vielleicht Vorlieben und Gewohnheiten. Kennen private und vor allem finanzielle Verhältnisse. Ich kann verstehen, wenn's Ihnen dabei hochkommt, aber es muss getan werden. Wir wollen den ganzen Verein, keinen einzelnen Sündenbock.

Die ausdruckslose Strenge in seinem Gesicht wechselte langsam in einen entmutigten Ausdruck. Er hörte sich immer verzagter an.

Sie meinen, ich soll leise und unauffällig vorgehen? fragte ich.

Der Alte und auch der Junge - verlangen von mir doch tatsächlich absolute Diskretion. Nur damit das Haus nach außen sauber bleibt. Was die sich so denken.

Verständlich, nächsten Monat die Wahlen.

Ja. Aber lassen wir das.

Also, wie möchten Sie, dass ich vorgehe?

Zumindest mal vorsichtig und gründlich. So lautet die Order. Keine voreiligen Schlüsse, keine Verdächtigungen vorab. Halten Sie die Sache klein. Das ist eine kitzlige und keine schöne Aufgabe. Leider kriegen wir das nicht anders hin. Jedenfalls im Stillen.

Also, sammeln sie Infos. Wir haben keinen Zeitdruck. Unsre Beweise laufen nicht mehr weg. Die Quelle ist gesichert. Vielleicht fällt auch jemand um. Wer weis.

Ich werde mein Möglichstes tun, Herr Hundgeburt.

Kommen Sie wieder. Jederzeit. Sobald sie etwas haben. Ich werde hier sein.

Einsmayer

☛ Eines Tages kam ein Mann zu mir. Den Mann kannte ich nicht, hatte ihn nie zuvor gesehen.

Ganz plötzlich öffnete der Mann die Stahltür zum Archiv, stand vor mir, lächelte und räusperte sich. Genau wie einst der Kollege, der mich hergebracht hatte.

So werden Gesichter aus- und eingewechselt, dachte ich.

Herr Einmayer? fragte er. Obwohl er meinen Namen falsch sagte, nickte ich nur stumm.

Die Dienstleitung schickt mich zu Ihnen. Ihre Dienstzeit im Archiv ist hiermit beendet.

Beendet?

Im ersten Moment brachte ich keinen Ton raus, war überrumpelt und wie vor den Kopf gestoßen.

Ganz langsam, aber unaufhaltsam sank ich im meinem Stuhl zurück. Meine Welt, mein Reich ringsum zerfiel.

Und jetzt? fragte ich.

Melden Sie sich bitte in Zimmer achtzehn drei. Das ist alles, was ich weis. Sie werden anderweitig eingesetzt, prasselten seine glatten, raschen Worte knüppelhart auf mich ein.

In mir brach eine Welt zusammen.

Aber er lächelte.

Ich konnte es nicht begreifen, sah nur sein Lächeln.

Als er ging, ließ er sogar die Stahltür zum Archiv offen stehen.

Eine ganze Weile saß ich da wie ein Ölgötze, hinter meiner Burg aus alten Akten und Dokumenten, und ich rührte keinen Finger. Jahre einsamer Arbeit, so einfach weggewischt im Augenblick. Und da war die offene Stahltür.

Meine Gefühle gingen durcheinander, ein endloser Strom voller Widersprüche, wirr, zerfahren. Wie ein hochgeworfener Stapel Papier, der zu Boden segelte.

Mein Verstand brachte da keine Ordnung rein. Ich zitterte vor Aufregung. Die offene Stahltür machte mir eine Heidenangst.

Da saß ich und überlegte unentwegt, wie viele Jahre inzwischen vergangen, wann ich das letzte mal oben, über der Erde, oben und draußen gewesen war. Erfolglos. Ich kam nicht drauf. Unter Wehmut schloss ich die Mappe, die ich eben noch bearbeitet hatte.

Vor fünf Minuten hatte diese Akte noch den Inhalt meines ganzen Berufslebens verkörpert, mir Halt und Geborgenheit gegeben.

Absurd! Ich schüttelte nur den Kopf.

Nein, ich will nicht gehen, dachte ich, ich will hier nicht raus, mein schönes Archiv im Stich lassen.

Hier unten, unter Stadt bin ich doch zufrieden, bin sicher in meiner Burg aus Papier, den meterlangen Reihen aus Disketten, dem Staub und Gilb.

Und es gibt hier doch noch soviel zu tun. Hier unten bin ich quasi mein eigener Herr, quasi der Beherrscher vergilbter Akten und Freund der Spinnen. Aber dort draußen? Dort oben? Außerdem - wer sonst soll sich denn in deinem System zurechtfinden? Wer?

Ich dachte, ich sei inzwischen vergessen. Aber nein! Selbst hier unten im Tiefgeschoss hatte sich irgendjemand meiner erinnert, mich ausgegraben.

Einem der Herren da oben ging wohl anscheinend - sonderbar! - ein alter Furz durchs Hirn. Und dieser Furz war ich. Und ich dachte: Was man von dir verlangt ist unmenschlich, grausam. Vor allem über deinen Kopf hinweg. Also, du bleibst hier!

Ja, ich bleibe - unter der Stadt, im vertrauten Zement.

Aber ich musste gehen. Anweisung war Anweisung, und kein unbestimmtes ‚Quasi'. Quasi konnte sich verbergen, ließ den Spalt in der Hintertür offen zur Flucht, konnte sich quasi rausreden, die Lage zu seinen Gunsten ordnen. Doch hier war quasi, die Ausreden, die Verweigerung zwecklos.

Traurig packte ich Brotbox und Thermoskanne in meine alte Aktentasche und sah mich ein letztes mal um. In meinem Archiv, das nicht länger mir oder dem ich nicht mehr angehörte. In meinem Archiv, das jetzt über mir selbst den Aktendeckel schloss.

Wie ein Maulwurf, der seine Höhle verlässt, blinzelte ich ins Decklicht. Dann legte ich den Lichtschalter um, schloss von außen die Stahltür und versuchte mich erst mal gedanklich zurechtzufinden.

Es fiel mir schwer ordentlich in Tritt zu kommen. Ich kam mir wacklig, wie ein Versehrter vor. Meine Beine fühlten sich so fremd an, als hätte ich sie schon ewig nicht mehr benutzt.

Unbeholfen tapste ich durch den leeren Gang zum Aufzug, hörte wie meine Schritte verhallten. Und je näher ich dem Aufzug kam, umso kleiner wurde ich, schrumpfte quasi zusammen.

Wenn ich nur an all die Jahre dachte, seit ich das letzte mal in irgendeiner Abteilung, überhaupt oben im Haus, über der Stadt gewesen war. Mir wurde Angst und Bange. Alles wäre neu, Mitarbeiter, Trubel, Fragen, Stimmen. Alles neuartig und fremd.

Mein Puls raste als der Aufzug hielt. Schon jetzt hatte ich Ähnlichkeit mit einer Schildkröte, der man den Panzer genommen hatte. Benommen stieg ich in den Aufzug, quetschte mein Hirn nach einem Gebet aus und drückte auf die Achtzehn.

Der kleine Tintenfresser

☛ Seine Gestalt ragte auf vor dem dunklen, verregneten Fenster, das scharf sein Gesicht spiegelte.

Unten war alles längst schwarz und voller Lichtpunkte. Obwohl er die Tür gehört hatte, drehte er sich nicht um. Allein sein Gesicht veränderte sich blitzartig. Aber ich sah noch, wie er eine seiner Grimassen verwischte, die er bei solchen Gelegenheiten schnitt. Er war mal wieder in merkwürdiger Stimmung. Wahrscheinlich geisterte ihm der dämliche Wahlkampf durchs Hirn.

Dabei lief alles glatt, die Prognosen waren so rosig wie lange nicht, das Programm stand seit Wochen, die Kampagne saß.

An der Wand hingen die beiden Portraits. Gleich groß, gleichartig dargestellt. Rechts er selbst, links Hoppe, sein neuer Widersacher. Von Schreibtisch aus konnte er sie im Wechsel betrachten. Er im selben schwarzen Anzug, in dem er seit Tagen oft dasaß, misstrauisch die Portraits abschätzte, Hoppe in Dunkelblau, mit bunter Fliege. Ottmar Hoppe: dieser kleine Elektriker konnte unsrem Alten nicht das Wasser abgraben - untersetzt, verbaut, das Gesicht eines Gartenzwergs. Verdrehte Ideen. Witzblattfigur. Heiße Luft und blablabla.. sonst nichts.

Der Sieg war fast sicher, die Umfragen bestätigten es.

Aber er! Wurde immer absonderlicher, unser Alter. Je näher wir dem Stichtag rückten.

Ich ahnte schon was spätestens übernächste Woche, wenn's zur Wahl ging, fällig war. Da würde er sich in der Grundschule wieder ins Scheißhaus einsperren, den Depressiven und Zerknirschten markieren. Und an mir hing's dann. Dann durfte ich nicht nur das Kindermädchen, sondern auch wieder den Beichtvater machen.

Und was er erzählte - Zeug, das garantiert nicht mal seine Frau wusste.

Alles lief glatt.

Aber er! Wurde langsam mürbe, unser Alter.

Die kleinste Störung, der kleinste Furz, und er lief aus dem Ruder.

Dabei war *diese Angelegenheit* doch so einfach.

Aber er! Typisch, wollte da ein riesiges Fass aufmachen. Ein Fass, das er gar nicht aussaufen konnte.

Und ich dachte: Ich sollte ihm wirklich mal bescheid stoßen. Sollte ihm mal sagen: Mach dich endlich locker,

alter Trottel. Wir werden das Kind schon schaukeln. Du wirst wiedergewählt. Mein Wort drauf! Hab' ich dich nicht immer durchgelotst? Das wird deine dritte Amtszeit. Warum wohl? Ich sorge dafür. Mit dir, alter Trottel, fahren wir gut. Die anderen Kandidaten? Waren das nicht immer alles Flaschen? So wird's auch bleiben. Bis wir dich, du alter Trottel, in deine wohlverdiente Pension schicken. Natürlich mit allen Würden! Und uns einen neuen Trottel suchen, der diese Stadt regiert und vertritt. Und weil dem so ist, und weil wir vor der Wahl stehen, und weil die Leute, das Volk Schafsköpfe sind, deshalb: Werden wir *diese Angelegenheit*
unsrer untreuen Mitarbeiter,
unsrer treulosen und selbstgerechten kleinen Strolche,
in aller Stille begraben. In aller Stille dem Vergessen in Rechnung stellen. Und alle faulen Eier dort lassen, wo sie sind. (Denn zerschlag sie, und es gibt nur unnötig Dreck.) *So!*
Stattdessen:
Haben Sie die Unterlagen? fragte er mich.
Hier.
Lesen Sie. Was hören wir?

Fitz, Julian: Fachhochschulreife 2006, Staatsexamen 2009; Eintritt 2009; Seit 2009 Bürgerservice; Ledig; Vorliebe für Rennsport und teure Kleidung; Hang zur Spielsucht. 30 Prozent unter der Leistungsnorm.
Weiter.
Knoff, Marius: Hochschulreife, Abschluss 1996, Buchhalterlehrgang; Studium der Sozialwissenschaften und Mathematik bis 1999, abgebrochen; Staatsexamen 2001; Eintritt 2001; Rechnungsstelle bis 2007; Versetzung durch Fehlkalkulation; Seit 2007 Bürgerservice;

Zweimal verheiratet, geschieden, eine Tochter; Keine Vorlieben bekannt; 30 Prozent unter der Norm.

Und?

Specht, Ulrike: Hochschulreife, Abschluss 1989; Soziales Jahr in Ruanda, Ausbildung zur Erzieherin von 1990 bis 1992, abgeschlossen; Staatsexamen 1996, Eintritt 1996; Bürgerservice Koblenz bis 2007; Seit 2007 Bürgerservice Rheinhafen; Abmahnung wegen Trunkenheit im Dienst 2009; Geschieden, keine Kinder; 30 Prozent unter der Norm.

Immer diese Abteilung. Ist das alles?

Das ist alles.

Zeigen Sie mal den einen.

Welchen?

Den Rennfahrer. -- Na, der Mensch hat doch gar kein schlechtes Gesicht. Finden Sie nicht auch?

Die Alkoholikerin, diese Specht ist laut dem Abteilungsleiter offenbar die Anstifterin.

Das ist selten. Alkoholiker sind für gewöhnlich Feiglinge, ließ der Alte wieder eine seiner Weisheiten ab.

Wen kümmerte das! Wir würden die Angelegenheit ohnehin intern regeln.

Immerhin hat sie wohl keinen unerheblichen Einfluss auf Dr. Kitzlig, erwiderte ich.

Scheint nicht uninteressant zu sein, die Frau. Sollte man sich auf jeden Fall merken. Was tun wir da?

Also doch! Ich. Sein Stellvertreter, seine rechte Hand.

Begraben, sagte ich.

Sicher?

Sicher!

Ruckartig drehte er sich um, kam lächelnd auf mich zu. Sein treuherziges Lächeln, sobald er was Unangenehmes auf mich abwälzten konnte.

Sie haben's in der Hand. Ich verlass mich da ganz auf Sie. Darf ich das?

Jetzt spielte er noch den Abgeklärten und Geschmeidigen. Wenn's aber zur Urne ging, würde ich ihm wieder gut zureden, sein schwitziges Händchen halten müssen. So wie das letzte mal.

Dann brauchte er jemandem, der ihm hundert mal sagte, wer und was er war, bevor er sich aus dem Scheißhaus locken ließ.

Immer brauchte er jemanden.

Jede Zwölfjährige konnte sich besser organisieren und war selbstständiger als unser Alter. Jede Zwölfjährige hätten ihn fünfmal in die Tasche gesteckt und wieder rausgeholt. Zum Weinen! Manchmal hatte er überhaupt keine Ahnung, was bei der Sitzung des Stadtrats auf der Tagesordnung stand.

Da saß er dann da, führte den Vorsitz, ein ahnungsloser Siebzigjähriger, der alle nur verschmitzt anlächelte und mit seinen naiven Augen in Schach hielt.

Außer vor der Wahl.

Da machte er nicht den Strahlemann. Da wurden seine alten Äuglein wie trübe Fettaugen, die in der Suppe schwammen. Und genau wie ein Wurm kam er aus dem Scheißhaus gekrochen, brachte kaum einen Fuß vor den andern, wusch sich das Gesicht, als hätte er gesoffen.

Unser Bürgermeister, erster Mann der Stadt - Trottel, Angsthase, Hosenscheißer.

Und dann die ewige Leier:

Wer bin ich schon? Bin ich es wert? bin ich?

Und ich: Sie sind der Bürgermeister. Sie sind unser Bürgermeister, die Stadt braucht Sie. Dringend!

Und draußen wartete inzwischen der komplette Anhang. Wartete, dass er sein Kreuz machte, wollte siegessichere Posen, einen strahlenden Kandidaten sehen, kein lahmes und erbärmliches Weichei.

Dabei war es noch viel erbärmlicher. Das Meiste, was er offiziell sagte, legte ich ihm in den Mund, die ganzen Floskeln, Redewendungen - alles von mir. Und er wusste es nicht mal, glaubte an seine (erfundenen) Fähigkeiten.

Möchten Sie dabei sein, fragte ich ihn, wenn wir *diese Angelegenheit* regeln?

Nein. Da würden diese Herrschaften sich nur wichtig vorkommen. Und immerhin, wie Sie bereits sagten, gibt's Wichtigeres zu tun. Ich lege es in ihre Hände.

Sicher, dachte ich. Wie auch sonst.

Und er, erleichtert:

So, das wäre erledigt. Und jetzt muss ich noch einkaufen gehen. Wenn meine Frau ihre Mandelschokolade wieder nicht bekommt... den Dill darf ich auch nicht vergessen... heut Abend gibt's Barbe mit Oliven. Haben Sie schon mal Barbe gegessen?"

Bisher noch nicht, sagte ich, dachte nur: Oh je, unser alter Trottel. Nicht zu fassen.

Und er:

Ich auch nicht. Ich sag Ihnen, da steht mir was bevor. Meine Frau bildet sich nämlich seit kurzem ein, sie könnte kochen. Kann ihre Frau kochen?

Nein, sagte ich, sah zu, wie er in seinem großen, schwarzen Mantel fröhlich davon schwebte.

Und ich dachte schon, er wollte mich einladen.

Ein Glück. Hoffte nur, er würde nicht wieder abdrehen und irgendeinen Stuss faseln.

Dr. Kitzlig

Sie haben genau zwei Möglichkeiten, sagte der Stellvertreter des OB zu mir. Entweder Sie treten freiwillig ab oder wir zeigen Sie an. Entscheiden Sie sich - jetzt!

Ich brauchte nicht zu überlegen. Das leise Exil oder der Pranger. Die Wahl fiel mir leicht.

Wohin werde ich kommen? fragte ich.

Das findet sich. Räumen Sie bitte innerhalb einer Stunde ihr Büro und melden Sie sich dann in Zimmer eins null zwei.

Zimmer eins null zwei? Ich erschrak.

Zimmer eins null zwei - das war die gefürchtete Archivverwaltung. Das war das sichere Exil, der Tod jeder öffentlichen Person, die Verbannung in die Unterwelt. Das war die völlige Abstufung, die haltlose Rückkehr zur Basis, die unwesentliche Stelle eines Neulings, der Verlust sämtlicher Privilegien. Das bedeutete den freien Fall. Ins Bodenlose. Unter die Stadt. In einer einzigen Stunde! Vom Schatzmeister zum Kuli: schlimmer konnten sie mich nicht treffen, mich nicht ärger strafen.

Ja, sagte ich erschüttert und verstand.

Das war es also - Ende, aus.

Ich holte tief Luft, behielt die Fassung. Ich würde dort neu eingewiesen, zugeteilt werden und hinuntersteigen. Ins Archiv. Den Unterkeller. Ich würde verschwinden. Unter der Stadt.

Teilnahmslos saß der Stellvertreter des OB in seinem Sessel und schrieb etwas.

Und Hundgeburt stand weiterhin wie versteinert neben seinem Sessel. Zuckte mit keiner Miene.

Doch es kam nichts mehr, keine letzte Anmerkung, kein Verweis. Wir waren durch, sie waren durch, waren fertig mit mir - restlos. Sie erwarteten nur noch eins: meinen unverzüglichen Abgang.

Als ich zurück im Büro war packt ich langsam meinen Plunder zusammen. Sogar meine Sekretärin schien etwas zu wissen, als sie reinkam und mich mitleidig ansah. Es spielte keine Rolle mehr, ob sie's wusste oder nicht. Wahrscheinlich wussten, bis auf den Hausmeister und die Technische, alle im Haus bescheid. Nicht weshalb. Nur, dass ich ‚befördert' worden war.

Frau Dr. Kitzlig, kann ich Ihnen irgendwie behilflich sein? fragte Frau Tadäus, die gute Seele.

Verlegen sah sie mir zu, wie ich das Bild meines Ex-Mannes vom Schreibtisch räumte.

Schon merkwürdig, dachte ich. Gute Seelen fallen einem immer erst auf, wenn man selbst fällt.

Nein, Frau Tadäus. Trotzdem danke ich Ihnen. Vor allen für die hervorragende Arbeit, die sie immer für mich geleistet haben, säuselte ich.

Sie schniefte, ging eilig raus. Wollte nicht sentimental werden. Kam kurz darauf wieder. Eine Träne im Auge.

Hier bring ich Ihnen einen Kaffee. Zum Abschied.

Da ich nicht antwortete, stellte sie die Tasse auf den Tisch, bevor sie in meinem Rücken ganz vorsichtig anhob:

Ich weis nicht wie andere das sehen. Aber ich für meinen Teil, ich habe gern mit Ihnen zusammengearbeitet, Frau Doktor. Sie werden hier fehlen. Das will ich nur mal gesagt haben.

Sie wartete kurz. Bis ich den sentimentalen Ballon runterholte, ihre Anteilnahme verkraftete.

Versöhnliche Worte sind wie das Vergessen, sind leicht und schwer in einem.

Danke, Frau Tadäus, rief ich und drehte mich um, rang mir ein kurzes Nicken ab.

Dann setzte ich mich, nun vor, statt hinter den Schreibtisch und trank den Kaffee, trank ihre Abschiedsgeste.

Die vorgegebene Stunde, die ich warten musste, war die reinste Qual. Unablässig spukte die eins null zwei durch mein Hirn. Und die Tür der eins null zwei wurde immer größer und bedrohlicher. Bis ich mir fest einbildete die Tür hätte keinen Griff.

Schließlich fuhr ich runter und klopfte an.

Der Mann, der dort hinterm Schalter saß, war mir unbekannt. Als er mich aber sah, sprang er sofort auf, lächelte und kam vor den Schalter.

Man hat mir aufgetragen, mich…, begann ich.

Brom, stellte er sich vor. Ich weis bescheid, Dr. Kitzlig. Können wir also?

Mir freundlicher Geste hielt er mir die Tür auf und führte mich zum Aufzug.

Als er auf UG-Taste drückte, konnte ich nicht länger, konnte mich nicht länger beherrschen.

Was ist das für eine Aufgabe, Herr Brom, die mich erwartet?

Oh, eine interessante Aufgabe. Sie kommen ins Archiv. Mehr weis ich leider nicht.

Archiv? Werden Sie mich einweisen?

Nein nein, das macht ein andrer Kollege. Ich bring' Sie nur dorthin.

Der Aufzug hielt. Schweigend stiegen wir aus und liefen durch den Gang, liefen weiter, treppab.

Keller, Muff, Verließ, dachte ich.

Es ging immer tiefer, immer weiter unter die Stadt, tiefer, an die Fundamente. Bis -

Und da wären wir, hielt er plötzlich an, zückte und übergab mir den Schlüssel.

Bitte sehr, Frau Doktor, hier das Schüsselchen. Der Kollege wird sicher bald kommen und Sie mit allem Nötigen vertraut machen. Einen guten Start wünsche ich.

Danke, sagte ich bange. Aber sagen Sie, wer hatte eigentlich vorher diesen Posten? fiel mir ein, während er bereits eilig davonging. Lächelnd drehte er sich um, ging dabei aber langsam rückwärts.

Das kann ich Ihnen nun wirklich nicht sagen.

Er lächelte, zuckte die Achseln.

Ich weis nur, dass man den Kollegen, der hier gearbeitet hat, ganz plötzlich versetzt hat.

Der große Tintenfresser

Einst dachte ich, noch Pickel im Gesicht und grün hinter den Ohren, dachte: Hoch hinaus! Aufsteigen! Hoch, über die Stadt! Etwas werden, musst du. Den Schnipsel der Macht erhaschen, um jemand zu werden. Jemand!

Einst dachte ich, noch die Hand am Schwanz und heiß auf Macht, dachte: Nach oben, über die Stadt! Und dann entscheiden. *So* wirst du jemand bleiben. Jemand bleiben!

Einst dachte ich, noch ein kleiner Parteisekretär und Heuchler, der stolz die Aktentasche unterm Arm trug, dachte: Hier oben, über der Stadt, hier, den Schnipsel der Macht in der der Hand, hier wirst du nicht verschwinden in der Mülltonne der Geschichte. *Geschichte schreiben.* Das Amt des Bürgermeisters - nimm es an, regiere und errichte Bauwerke. *So* bleibst du in Erinnerung als großer Mann!

Dachte: Von hier oben ist alles so einfach. Weil man alles sieht. Dachte einst Worte der Macht, die Welt mit der Faust zu packen und zu verändern. Und sah was wirklich war!

Dachte… Doch machtlos, unveränderlich!

Einst dachte ich.

Aber nein, es denkt der Dummkopf und hält sich noch für schlau. Der kluge Mann, er handelt im Kleinen. Er duckt sich weg, er macht sich klein - entgeht dem Schein von Welt und Macht, der niemals die Herzen der Menschen ändert. Und nichts von ihren Überzeugungen.

Nein, ich denke nicht mehr. War lang genug ein schlauer Dummkopf.

Ein Nichts ist Welt und Macht gegen die Vergänglichkeit, die Freiheit der Seele, die Kraft der Erde, der Pflanze! Speziell der Karotten!

Jetzt, ein alter Mann, will ich nur noch eins: das wahre Leben. Will abhauen. Will fort von Welt und Schein, der Macht, die mich auffrisst. *Ich will hier raus! Ich will mein Leben ändern.* Von Grund auf. Auch *dazu* ist es nie zu spät.

Keine Sitzungen mehr, keine Reden, keine Veranstaltungen, keine Verhandlungen und Beschlüsse.

Seit Jahren hängt mein Verstand am seidenen Faden. Ich will kein Bürgermeister mehr sein!

Auch ein hässlicher Mann hat eine Seele, die nach Liebe verlangt. Kein bisschen hässlicher als ein Mann mit schöner Fratze. Ein Ich, das nach Freiheit verlangt. Kein bisschen schlechter als das Ich eines jeden anderen.

Ich bin hässlich, bin gefangen, bin der mistgehasste Mann der Stadt.

Alle hassen mich. (Sogar meine Frau und meine Kinder). Soweit hab' ich's gebracht. Jemand zu sein und zu bleiben, den alle Welt hasst!

Aber auch ich will leben und lieben!

Aufrichtig, einfach und lebendig -

wie ein Kind.

Ist es nicht das, was uns alle treibt?

Sehnsucht nach Liebe, nach Freiheit und wahrem Sinn?

Nein, ich werde mich nicht wieder in diesen Sessel, oben im 22sten setzen. Nie mehr. Nie mehr, nimmermehr werde ich als Bürgermeister über diese Stadt regieren.

Oh, diese Stadt!

Ich hasse diese stinkende Stadt. Wie hat sie mich ausgelaugt! Hat mich ausgesaugt wie ein gieriges Weibstück, mein Auge beleidigt, meine Würde beschmutzt, meine Hingabe verlacht, meine Nerven zertrampelt, hat mir die Seele vergiftet. (Vergiftet, weil ich es einst wollte - der große Mann sein.)

Oh, diese Stadt! Ein erbärmliches Dreckloch, eine stinkende Jauchegrube, ein alter Hurenschoß. Nicht mehr. Unwert dem Opfer. Unwert.

Ich träume vom Leben auf dem Land, träume seit langem von Karotten, träume vom Land der Karotten.

Ich werde von hier fliehen, mich absetzen.

Adieu Stadtrat. Adieu ihr Ratten.

Ratten. Überall Ratten.

Man muss nur lange genug in die Toilette schauen.

Ein Erdbeben, einen gewaltigen Blitz, einen Tornado, wünsch ich dieser erbärmlichen Stadt.

Die Pest, den Feuerhagel, die sieben Plagen über sie!

Und ich bin ihr Gesicht!

Nein, ich komme nie mehr zurück, ich will aufs Land. Dort ist es schön. Dort pflanze ich Karotten, und Schaufel und Hacke werden mich Demut lehren.

Meine Frau wird mich anklagen: Oh, du brichst uns das Herz, mir und deinen Kindern. Und sie wird mich verklagen. Unser Anwalt? Ich werde ihm alles erklären.

Robert, werde ich ihm sagen, ab sofort pflanze ich Karotten, nur noch Karotten. Leite du bitte die Scheidung in die Wege. Sie kann alles haben. Ich brauche sowieso kein Geld mehr. Ich bin nur noch ein bedürfnisloser und bescheidener Karottenbauer, ein einfacher Mensch.

Einst war ich Bürgermeister, Rattenfänger einer Stadt. Doch jetzt muss ich hier fort. Du verstehst.

Ich muss nur noch einen Weg hier raus finden. Die Tür zum Scheißhaus ist nämlich bewacht. Dort warten sie, meine sieben Häscher: Teichert, Buse, Kronberg, Fischer-Grieser, Lang und diese beiden fürchterlichen Herren vom Sicherheitsdienst. Mein Stellvertreter, meine PR-Beraterin, meine Wahlhelfervertreterin, mein Pressesprecher, meine Visagistin und diese beiden kräftigen Zupacker.

Einmal mehr wollen sie mich den Wölfen zum Fraß vorzuwerfen.

Schön, wenn ihr es unbedingt hören wollt, Leute. Bitte:

Leute, ihr hasst mich völlig zurecht. Ich bin nichts als ein altes Lügenmaul, ein alter Dummkopf. Mein Stolz ekelt mich, meine Eitelkeit lässt mich vor mir selbst ausspucken, mein Verhalten macht mich traurig. Es kotzt mich an, was ich tue. Ich könnte laut weinen. Und unsere Stadt ist nur ein Haufen Scheiße. Da habt ihr es. Zufrieden oder noch mehr?

Bitte:

Den Scheißdreck, den wir alle verzapfen, begräbt man auch nicht unter einer Million Kubikmeter Zement. Und wenn man die ganze verlogene Scheiße, aus der diese Stadt besteht zusammentragen würde, könnte man auf diesem Scheißhaufen bis zum Mond klettern.

Aber niemand entsorgt die Scheiße, Leute. Weil es hier einfach zu viel davon gibt.

Und deshalb laufe ich keinen Schritt zu Fuß durch die Straßen. Deshalb fahre ich oder besser werde gefahren. Wie heute.

Nein, ich will keine Reden mehr auswendig lernen, meinen Mund noch einmal öffnen für Dinge, die bereits verloren waren, bevor sie anfingen.

Denn ich bin nur ein weiteres Opfer, dass den Vorhang der Vernunft vor den Wahnsinn zieht. Denn ich bin nicht der, der die Scheiße zuerst in diese Welt gespült hat. Ich werde nur bezahlt, um sie gleichmäßig und vorsichtig, wie man den Guss auf einen Schokoladenkuchen streicht, so über dieser Stadt zu verteilen, dass nichts runtertropft.

Aber jetzt bin ich damit endgültig durch.

Ich will hier raus. Will die ursprüngliche Lebenslust. Und ich reiße mir das Jackett, die Krawatte, die Hosen vom Leib, das Hemd geht in Fetzen, die Unterhose fällt als Zeichen der Freiheit von meinen Hüften, wie ein alter Lumpen. Und nackt wie Adam stehe ich, ein alter, behaarter Dickwanst im Regen. Ohne Namen, ohne Amt, ohne Scheckkarte, ohne Ausweis, ohne Titel. Besitzlos wie ein Stein. Wunschlos wie das Gras auf dem Feld. Unbefangen wie ein Kind. Beneidet von jeden Wurm. Und ich schreie vor Freude, einzig erfüllt von der wildesten Triebkraft des Lebens: vom Wissen zu leben, wie jeder und niemand. Wie jeder und niemand!

Mein Gott, meine Frau und meine Kinder werden mich enthaupten, wenn sie meine Flucht entdecken. Doch ich werde aufrecht sterben, die Nase im Wind, die Augen zur Sonne, die Hände voller Karotten.

Und mit meinen letzten Worten werde ich sagen...

Doktor, wir warten auf Sie.

Das ist Teichert. Er ruft.

Ja, ich komme.

Ja, schreit der Zement, verdeckt die Scheiße und hört mich nicht. Auch du mein Sohn?

Der Himmel ist blau.

Sicher Vater, auch ich, ruft die Erde. Ich musste dich verraten, um meinen Weg zu gehen. Ich werde mich opfern. Alles zum Wohl derer, die mich verachten. Hier gehörst du her. Hier gibt es Straßen aus Zement, auf denen kannst du dich schnell verdrücken. Mauern, hinter denn kannst du dich verstecken und Schwarzer Peter spielen. Sei nicht undankbar, sagt die Schlange, bleib geschmeidig. Der Tag ohne Zement wird kommen, der Tag kommt, ich weis es.

Und mit einem Lächeln, dem überlegenen Lächeln eines Mannes, der weis, dass er zwei Eier in der Hose und es zu etwas gebracht hat, trete ich, aus dem Scheißhaus. Und in die Hände meiner Häscher. Mitten in den Rachen der Wölfe.

Specht

Wir stehen. Wir schweigen. Wir warten. Einen Moment lässt er uns zappeln. Wir warten, düster, stumm, lassen seine Berechnung tonlos vorüberziehen, wissen was geschlagen hat. Dann redet er.

Frau Specht - Herr Knoff und Herr Fitz, Sie möchten sich bitte im dreizehnten Stock melden - sofort. Unser stellvertretender Bürgermeister erwartet sie.

Jetzt ist es also passiert - die große Abrechnung steht an, der letzte Antritt vor dem Kadi, die große Schur für ein paar abtrünnige, schwarze Schafe.

Immer diese offiziellen Schaubekundungen!

Was uns erwartet, dort oben, das weis ich jetzt schon. Die Unterredung im Büro eines Schulrektors, der seinen ungehorsamen Schülern Verweise aufbrummt.

Unser Chef-Stempler wirft die Stirn auf, spielt den neutralen Zusteller. Aber das ist nur Fassade. Dahinter ist heimliche Genugtuung. Und der Genuss von Rache. Für die kleine Amberger. Das kleine Luder, das ihn hat stehen lassen und stattdessen Fitz genommen hat.

Wir schweigen, verlassen zügig sein Büro, steigen zusammen in den Aufzug.

Die 22. Ich drücke.

Na dann.

Na dann, hinauf in die Chefetage, hinauf zum kleinen Tintenfresser. Rechenschaft ablegen.

Was sagen wir? fragt Fitz.

Nix, meint Knoff.

Aber Freunde, sag ich, die wissen doch sowieso alles.

Ich zittere - innerlich. Aber den Triumph meine Angst zu besichtigen, den gönn ich keinem.

Mit beiden Händen umklammre ich die Riemen meiner Handtasche, bring Ruhe in meine schweißigen Hände. Knoff und ich schmunzeln. Fitz lässt seine Finger knacken.

Es ist ein weiter Weg in die 22sten. Von ganz unten. Weit genug, um vielfach den Grad der eigenen Entmutigung und Verantwortung auszutesten. Doch auch gut, um oben benommenen anzukommen. Benommen vom Fahrstuhl. Benommen, damit das ewig gleiche, formelhafte Moralgeschwätz erträglich wird.

Der Aufzug stoppt, geht auf, spuckt uns gleichgültig in den sauberen, kurzen Gang mit seiner halbseitigen Glasfassade.

Hier oben ist es hell und friedlich, still und stressfrei wie im Grab.

Es gibt nur eine Tür, nämlich die zum großen Tintenfresser. Und diese Tür macht nicht den Eindruck, als würde man sie besonders oft öffnen.

Der große Tintenfresser ist kein Mann, der sich mehr als nötig in der Öffentlichkeit zeigt. Auch wenn er der große Tintenfresser ist.

Vor zwölf Jahren gewann er die Wahl, die Wahl gegen den alten Papierwürger. Und triumphal zog er als Bürgermeister in unser Rathaus ein. Und biss sich dort fest. Wie ein Fetischist von Titten an der Brutwarze.

Davor gab's zu Weihnachten an alle Mitarbeiter immer Motivkarten. Jede handunterschrieben. Mit echter Tinte. Und einen Christstollen. Sogar ein Weihnachtsfressen gab's. Fürs ganze Haus.

Der alte Papierwürger ließ sich nicht lumpen.

Doch seit der große Tintenfresser regiert, gibt's gar nichts mehr. Kein Kärtchen und keinen Krümel.

Wahrscheinlich ist der Mann Analphabet.

Das würde jedenfalls passen.

Eins ist aber klar: wir wissen nicht, womit wir es hinter dieser Tür zu tun bekommen.

Wir öffnen die Tür. Wir treten ein. Und wieder: stehen, schweigen und warten. Erwarten unser Urteil.

Ruhig, nichts sagen. Wir sind hier ja in Deutschland.

Der kleine Tintenfresser

☞ Die Scheiße stinkt! die Scheiße stinkt, Kollegen.
Doch dürft ihr sie nicht riechen. Keiner.
 Die Scheiße stinkt! Sie stinkt bestialisch, Kollegen.
Doch dürft ihr sie keinem sagen. Keinem.
 Ja! Wie oft denn noch! Es stimmt, es stinkt - gewaltig.
An allen Ecken und Enden, Kollegen.
Doch genau dafür tragen Häuser wie unser Haus die
Verantwortung. Dass der Gestank nicht nach außen
dringt und die Nasen verpestet.
Solche Häuser wie unser Haus sind keine plumpen
Scheißhäuser, die jeder benutzt, sondern sind subtile
Häuser der Lüge. Wir dehnen die Moral. Zum Schutz
der Bürger.
 Frau Specht, Herr Knoff, Herr Fitz:
Die Lüge (vor allem die perfekte Lüge) ist eine Kunst.
Wir lügen nicht platt und aus reinem Eigennutz, son-
dern zweckmäßig. Perfekt. Wie der Nagel in der Wand.
Das Lenkrad im Wagen. Der Kleiderbügel im Schrank.
 Das Haus der Lügen, unser Haus, hat 22 Etagen.
Je höher die Etage, umso mehr muss man lügen.
Sitzt man ganz oben ist man eins mit der Lüge.
Sitzt man ganz unten braucht es keine Lüge.
Dort braucht es keine Lüge, weil dort nicht entschieden
wird. Sondern oben. Denn es ist die Entscheidung, die
häufig stinkt! An ihr klebt Scheiße. Wie am Klopapier.
 Soviel dazu.
 Frau Specht, Herr Knoff, Herr Fitz:
Sie beschweren sich über uns hier oben. Genau wie das
Volk auf der Straße. Aber das ist nur Heuchelei. Sie
meinen, sie können ihr eigenes Süppchen kochen und

etwas herausnehmen. Können selbst unmoralisch handeln, weil sie sich moralisch überlegen fühlen.

Sie glauben, sie sind uns gegenüber moralisch überlegen. Noch dazu, da sie am kürzeren Hebel sitzen.

Richtig?

Aber das ist ein Irrtum. Wir sitzen alle im gleichen Boot. Sie sind nichts besonderes. Auch an ihren Händen klebt Scheiße. Denn sie leben in unserem System.

Wir alle müssen die gleiche Scheiße beseitigen. Allesamt stillschweigend die unvermeidlichen Lügen erdulden. Unvermeidlich, um die Scheiße zu klären, die durch unliebsame Entscheidungen entsteht. Unliebsam, da jede Entscheidung zwei Seiten hat. Eine saubere und eine schmutzige.

Kollegen wie sie nennen uns, die Führung, unehrlich, nennen uns Lügner, Schweine, Verbrecher. Nennen uns korrupt, skrupellos, gierig.

Schön, mag stimmen.

Aber haben sie je den Preis der Freiheit erwogen?

Wie billig, wie teuer kommt uns alle die Freiheit?

Sie verstehen nicht, Kollegen?

Sie wissen nicht, was gespielt wird?

Schön, ich erklär's ihnen gern noch mal.

Scheiße, wie sie vielleicht wissen, ist ein Abfallprodukt.

Wir sind keine Kläranlage. Wir sind das Rathaus. Aber auch hier werden Zersetzungsprozesse durchgeführt. Nicht chemisch, aber methodisch. Zur Beseitigung entstandener Abfallprodukte. Wir zersetzen ihre Substanz, nehmen ihr Aussehen und Gestank und führen sie, gereinigt, zurück in den biologischen Kreislauf.

In aller Stille. Ohne Aufsehen, ohne Lärm.

Es darf niemand wissen. Nie. Wie die Kirchenväter das Geheimnis der ewigen Wahrheit, hüten wir, die Stadtväter, das Geheimnis der ewigen Wirklichkeit.

Sie verstehen endlich die Zusammenhänge?

Ohne Entscheidung keine Scheiße, ohne Scheiße keine Lüge, ohne Lüge keine Freiheit.

Das ist der Preis für saubere Nasen.

Wir kaufen alles - für Frieden, Brot und Freiheit.

Dass ausgerechnet ich ihnen das wieder klar machen muss!

Frau Specht, Herr Knoff, Herr Fitz. Zu ihnen:

Sie werden ihre Arbeit weiter verrichten. In der gleichen Abteilung. Wie bisher. Allerdings werden wir in ihren Gehältern Kürzungen vornehmen. Geringfügig, aber nachhaltig. Unser Haus lässt sich nicht bestehlen. Nicht von ihnen oder anderen. Und sie werden das Geld Stück für Stück zurückzahlen. Bis der Schaden beglichen ist. Sie machen ihre Arbeit und halten die Stellung. Wie wir alle. Und sie werden schweigen. Zu ihren Verfehlungen und zu unserem Gespräch.

Es gibt keinen Grund für weitere Erklärungen.

Das ist alles, Kollegen. Guten Tag.

Knoff

☞ Gar nicht so übel, unser kleiner Tintenfresser. Ein Mann der Worte. Glaubwürdig, tatkräftig. Eine wahre Führungsperson… nur mit Pech beim Glücksspiel.

Ich habe ihn natürlich sofort erkannt. Genau wie er uns. Ich habe ihn zuerst erkannt. Vor Fitz. Bin Fitz auf den Fuß gestiegen.

Es fehlte nur sein weißer Anzug mit der Krawatte. Und er hat eindeutig mehr geredet als neulich.

Vielleicht kamen wir auch deshalb so glimpflich davon. Nun, jetzt wird der Herr wohl nicht mehr dort pokern. Aus Angst er trifft wieder auf uns.

Es stimmt schon. Meine Freundin, Ulrike Specht hatte recht. Was kann mit uns schon passieren? Wir sind nur Wanzen. Noch kleiner als kleine Fische. Im Grunde viel zu klein und nichtswürdig, dass man uns zerdrückt, uns ernstlich beachtet und bestraft.

Merkwürdig, wir sollten erleichtert, vielleicht dankbar sein. Doch nichts davon. Stattdessen sind wir sauer. Sind mächtig verärgert. Vor allem Ulrike.

Als wäre unser kleines Schelmenstück nicht geschickt gewesen! Als wären wir drei Idioten!

Der kleine Tintenfresser hat unsere Schläue beleidigt, unsere Würde gekränkt. Vergleicht uns mit dem Volk, stellt uns hin wie Einfaltspinsel, spricht uns die Intelligenz ab. Die Augen, Ohren und das Hirn im Kopf.

‚Wissen sie nicht, was gespielt wird?'
Schon eine Frechheit!
Uns aufklären über die Welt, uns sagen wollen, wie das Spiel funktioniert. Und dann, der Gipfel! Uns noch erklären wollen wie wir ticken. Und ticken sollen. Ticken auf seine Art, die richtige Art.

Oh Bruder, du bist falsch, der falsche Richter, und deine Predigt ist faul. Eigentlich sollten wir dich umbringen. Dich abstechen! Auf irgendeiner Toilette. Von hinten. Bein Pissen.

Entscheidung? Freiheit? Saubere Nasen?
Um großmächtige Worte sind diese Herren nie verlegen. Doch jedes Wort zu viel.

Aber wo hat eigentlich Hundgeburt, der große Ermittler, wo eigentlich der Alte gesteckt?

Vermutlich haben wir den Alten ganz schön zum Schwitzen gebracht. Der große Herr - hat sich die letzten Wochen vor den Wahlen gewiss in die Hosen gemacht. Hatte sicher Angst, dass etwas durchsickert.

Ich wette, wir sind dem Alten ein Dorn im Auge. Selbst jetzt, wo er wieder gewonnen hat.

Dreiundsechzig Prozent. Wenn das mal kein eindeutiger Sieg ist. Im Tageslicht Hände schütteln und Glückwünsche hören. Selbst von Hoppe, seinem Gegner. Einsichtig unterlegen.

Da muss man sich doch wichtig fühlen.

Aber wie ist das nachts, vorm Einschlafen, im Dunkeln, allein? War da nicht die kleine Sorge, der Krümel auf dem glatten, lupenreinen Tischtuch?

Drei Wanzen an der Wand.

Was tun? Zerschlagen? Aber es bleiben Flecken.

Drei winzige Kratzer im Lack, winzig. Aber Kratzer sind Kratzer. Sind unter der Lupe sichtbar. Sind bereits genug, den großen Sieg mit Angst zu überschatten.

Jetzt also zurück. Wieder runter ins Erdgeschoss, wo wir hingehören. Zurück in unsere Abteilung, zurück zu Pflichtspricht.

Das ist die eigentliche Strafe. Pflichtspricht, unseren eifrigen Saubermann, weiterhin zu ertragen. Der jetzt natürlich mit Argusaugen über uns wacht.

Geschenkt, sag ich nur, geschenkt.

Der große Tintenfresser

Fragt nach der Farbe - ich sage: Karotten.
Fragt nach der Form - ich sage: lang wie die Demut, steil wie der Traum.
Fragt nach dem Ziel - und ich zeig euch das Kind.

Oh Leute, Karotten... Karotten anbauen... fliehen, abhauen, ausbüchsen, ausreißen, desertieren - ins Land der Karotten. Ohhhhhhh... ja.

Im Namen der Erde: Haltet ein mit Babylon. Hört die Stimme eines alten Narren im Karottenfeld: Ändert euer Leben, ändert euch, Leute.
Haltet die Erde, ehrt und haltet, was euch erhält. Ehrt und haltet, was euch einst hielt und wieder halten wird.

Leute, Leute... Schaut doch. Dort liegt es. Dort, jenseits der Stadt! Seht ihr's denn nicht?! Das gelobte Land der Karotten... es ruft mich, ruft uns... Oh, Mutter Erde, nimm mich, einen alten und nichtswürdigen Narren zu deinem Diener. Lass mich das Werk der Karotten verrichten. Ohhhhh...ja. Leute, Leute.... Habt ihr nie den Duft der Erde, der frischen Karotten, der Ernte gerochen? Habt ihr nie die Kraft der Erde gespürt?.. Ohhhhhhh... ja. Leute, Leute... Das Königreich der Karotte... Es ist in jedem Menschen. Begießt es, dann lasst es wachsen, sag ich... Lasst es reifen, lasst es blühen! - mit der Freude einer Frau, die ihr Kind erwartet.

Zement zerfällt, es herrscht Vergänglichkeit, uns bleibt allein das Glück der Erde. Leute, Leute... Werft ab den Schein, die Eitelkeit, den falschen Schimmer Babylons und kommt... zurück zur Erde. Nackt und arglos... wie Kinder.

Fitz

☛ Ich muss sagen der große Tintenfresser ist gar nicht so übel. Besonders, weil er nicht anwesend war und keinen pathetischen Schmalz abgelassen, keinen Stress gemacht hat. Das hat mir schon imponiert. Das hat mich schon beeindruckt. Hat was von einem großen Mann, hat so was Herrschaftliches.

Ich mag seinen Stil. Der große Tintenfresser ist in Ordnung. Dachte ich jedenfalls. Bis gestern.

Da kam dieser Brief eingeflattert.

Jeder von uns dreien bekam so einen Wisch geschickt.

Als ich sah, was drin stand, fiel ich fast in Ohnmacht.

Drei Blätter, jeder Posten fein säuerlich und bis ins Kleinste aufgelistet.

Posten eins: monatlich fällige Schadenbegleichung, ließ mir den Atem stocken. Posten zwei: Bearbeitungskosten, ließ mich loslachen. Bis zum letzten Posten: Gehaltskürzungen.

Da blieb mir das Lachen dann jäh im Hals stecken.

Mein Anteil an den Gesamtschulden lag angeblich bei genau 32 Riesen.

32 Riesen? Ich griff mir an den Kopf. 32 Monate Einschnitte auf meinem Konto.

Mir wurde schwarz vor Augen. Zweieinhalb Jahre sauer.

Ich ließ den Wisch liegen, legte mich ins Bett und heulte über die Ungerechtigkeit, der ich ausgeliefert war.

Jetzt wird die Verwaltung fast mein komplettes Gehalt einbehalten. Es wird entschieden und fertig.

Das ist eine maßlose Schweinerei.

Jetzt muss ich leben wie ein Wurm.

Nichts kann ich kaufen, so gut wie überhaupt nichts! Wie soll ich von den paar Kröten denn jeden Monat existieren? Soll ich vielleicht nur noch Nudeln und Quark fressen?

So kann keiner was springen lassen. Keiner ab und zu mal auf die Pauke hauen.

Außerdem, wir haben das Geld doch gar nicht unterschlagen. Wir haben's nur angeboten bekommen und genommen. Ich sogar nur durch unsre Lady Specht. Wir, ich sind nur Opfer. Einer Rechtsprechung, die gar keine Rechtsprechung ist. Die gar kein Recht auf Rechtsprechung hat. Da es gar kein Verfahren gegeben hat.

Und dafür wird ein Mann in die Depression getrieben?

Vor allem, wir können keine Klage einlegen. Wir sind diesen Leuten ausgeliefert.

Das wurmt mich am meisten.

Was denken sich die Arschlöcher, uns derart zu gängeln und klein zu halten!

Der große Tintenfresser? Nein, der Mann ist nicht in Ordnung. Ganz und gar nicht. Der große Tintenfresser ist ein Schwein, ein Mistvieh, ein Hurensohn.

Unsre Lady Specht - die hat das immer gesagt.

Ich hasse den großen Tintenfresser, krepieren, verrecken soll er. Besonders hasse ich den Brief, der von ihm genehmigt ist. Den er unterschrieben hat.

Meine Aussichten sind so beschissen, wie die Aussicht von meinem Fenster auf einen Schrotthof.

Der selbe Kerl, der den Vorschlaghammer immer auf das selben Stück Schrott haut: So sieht für mich die Zukunft aus. Nicht die geringste Abwechslung, das geringste Vergnügen.

Stattdessen der Trott, der Trott, nur der Trott und die Enten in dieser verpissten Brühe vorm Fenster.

Alles beim Alten in der Abteilung. Nur doppelt so schlimm wie vorher.

Der gleiche triste, unveränderte Trott an der Zwölf.
Tag für Tag die Zwölf!
Die Zwölf! Wie eh und je.
Die Zwölf! Und du verkalkst und wirst grau.
Ich hasse die Zwölf!
Die Zwölf ist mein Untergang!
Ab an die Zwölf!

In Gleichgültigkeit. Hinsetzen, zurechtrücken: Formulare für die Hundesteuer hierhin, Anträge für Entwässerung dahin, ärztliche Bescheinigung zur Befreiung der Gurtanlegepflicht doppelt kopieren. Der Satz fürs Landesblindengeld ist gestiegen. Kleine Stempel, große Stempel, Dreiecksstempel - Dreckstempel.

Draufknallen! Schublade auf, Aktenschrank zu. Und freischalten.

Wieder das Signal für die Zwölf, das Piepen der Ampel. Und keine neuen Gesichter in der Abteilung, nichts in Sicht. Und Kalb, der sich jeden Morgen seine zwei Frikadellenbrötchen in die Schnauze schiebt.

Nur eins ist neu: draußen auf dem Teich, auf der Betonpfütze, schwimmt nur noch eine einzige Ente. Die Übrigen sind letzte Woche auf einmal verreckt.

Mit einer langen Stange hat Buda sie allesamt aus der Dreckbrühe geangelt. Bis auf die eine.

Die ganze Abteilung stand am Fenster, drückte die Nasen platt, und die Weiber flennten.

Unser Knoff und ich standen mit dabei.

Vielleicht so eine Art Epidemie, überlegte der fette Kalb, hörte beim Reden sogar kurz auf zu kauen.

Ich runzelte die Stirn.

Ja, ein spezielles Entenfieber, die Entenseuche oder sowas, meint er weiter und nickte uns lebhaft zu.

Entenseuche, eindeutig, rief unsre Lady Specht und grinste. Da war der fette Kalb gerührt.

Jetzt schwimmt die eine Ente allein auf der trüben Brühe, sucht und schnattert die ganze Zeit.

Ein paar von den Weibern legen ihr sogar kleingerissenes Brot hin.

Mein Schreibtisch ist eine Gefängnisinsel, umgeben von tausend Kilometern Staatswillkür.

Mütter mit plärrenden Bälgern, Flüchtlinge, die einem auf Englisch was stammeln. Verkalktes Gerümpel, dem man's hundert mal erklären muss.

Und weg. Ein Moment der Stille. Weg von der Zwölf.

Doch die Schalttafel bohrt, das rote Licht über der dreizehn drängt.

Und ich drücke den Knopf, damit der Mob mich wieder löchert und zerreißt.

Und niemand tröstet mich, niemand lässt mich an seiner Schulter den Schlamassel ausweinen.

Die Amberger ist fort, versetzt worden. Keine Nachricht von ihr.

Ich rief sie an, sie nahm nicht ab. Ich fuhr vorbei und niemand machte auf.

Ausgeboten.

Ich stellte mich im Wagen auf die andere Straßenseite, sah hoch zu ihrem Wohnungsfenster.

Ausgeboten.

Nach einer Stunde sah der Wohnblock von vorne so flach aus, als würde er gleich umfallen, direkt auf mich und den Wagen.

Ausgeboten.

Als wenn ich sie nie ernst genommen hätte.

Dann gab ich Gas.

Nein, ich will nichts mehr von dieser Zicke.

Neeneenee - ich hab' keinen Liebeskummer. Mein Verlangen, das streif ich ab wie ein Paar ausgeleierte Socken. So locker. (Wenn nur der verletzte Stolz nicht wäre!) Keinen Funken Achtung hat dieses Weibstück vor mir gehabt. Auf ihrem Lächeln rutscht man aus wie auf Eis, und ihre Küsse bringen Unglück. Die kann mir ein für alle mal gestohlen bleiben.

Matze Amberger

Mein großes Schwesterherz war schon immer eine geschickte Männeranglerin. Eine Hure.
Ich weis es, hab's gesehen!
Daran hat sich nichts geändert. Seit sie fort ist.

Dem letzten Fisch aus ihrer Abteilung hat sie über zehntausend Euro abgepresst.

Sie hat's mir eigens vorgerechnet, als ich letztens bei ihr war. Sie rechnete verbissen, warf den Block fort.

Komm, sagte ich, du bist doch nur sauer drüber, dass du nicht noch mehr rausgeholt hast.

Wir lagen auf dem Bett, feixten, lachten uns schlapp - wie früher.

So ist sie, so war und ist meine Schwester. Und wird sie immer sein. Eine Hure. So haben unsre Alten sie erzogen. Unabsichtlich, doch nachhaltig.

Sie hängt die Angel meterweit raus. Und schwuppdiewupp, hopp und patsch. Der nächste glückliche Fisch, der glaubt, er wäre noch im tiefsten Wasser, während er längt *in ihr* erstickt.

Nur damals, in der Unterstufe waren's immer die schrägsten Typen. Nur. Und jedes mal ältere. So uralte

Männerfische mit Stirnglatzen, Männerfische mit Geheimratsecken, Männerfische im zweiten Frühling.
Einer war sogar schon drei mal geschieden.

Keine Ahnung, wo sie die alle angelte. Vielleicht im Eisstadion beim Schlittschuhlaufen oder sonst wo.
In der Schule sicher nicht.
Dazu waren die viel zu alt und hätten x-mal sitzen bleiben müssen. Die sahen im Grund aus, als wären sie schon fünf mal Familienvater.

Jedenfalls muss und musste sie beim Ausgehen nie was bezahlen - kein Eis, kein Kino, kein Kaffee, keine Schuhe und Taschen, kein gar nichts.

Die Fische - aber mir machte das nichts aus.
Mein Gott, dachte ich, warum auch nicht. Mit den Geschenken - die kosteten ja auch Geld - und überhaupt, wozu Geschwister? Und wenn man eine scharfe Schwester hat? Und mein Schwesterherz hatte die ganzen Fische. Die bezahlten ja.

Und da ich mein Schwesterherz wegen der Fische vor den Eltern verteidigte und die Geschenksachen deckte, konnte ich dann und wann wohl zurecht einen Zwanziger von ihr abstauben. Denn sie sparte ja trotzdem eine Menge und hatte ja umsonst ein neues Handtäschchen oder die letzten Pumps, mit denen sie den Fischen auf der Nase rumtanzen konnte.

Das war wie ein Übereinkommen. Und ist es noch immer. Mittlerweile rückt sie sogar freiwillig was raus.
Da kümmert 's mich nicht die Bohne, mit was für Typen, sie's momentan hält. So wenig wie früher, wenn sie die Fische anschleppte und sie mit an den Esstisch brachte. Selbst wenn unsrer alten Dame die Kinnlade runterfiel.

Und unser Alter sah sich den stummen Männerfisch, der verklemmt an seinem Tisch hockte und vorsichtig fraß, mit verzogenem Mundwinkel eine Weile an und hörte, wie meine Schwester für und über ihn zu unsrer alten Dame redete.

Au wei, dachte ich da. Das kann nicht lange gut gehen. Man sah's unsrem Alten nämlich so richtig an. Und meine Schwester quatschte und laberte pausenlos unsre alte Dame voll, während unsrem Alter der Kamm schwoll, weil der Fisch von selbst keinen Ton rausließ.

Und ich beobachtete also das Ganze, und sie alle beim Fressen, und lauerte bis es soweit war. Bis der Deckel vom Topf flog.

Das dauerte meist. Bis die Teller fast leer, die Frikadellen oder was es gab, gefressen waren. Aber dann hatte unser Alter die Faxen dicke und meinte endlich:

Sagen Sie mal junger Mann, wie alt sind sie eigentlich?

Und der komische Fisch fand plötzlich seine Sprache, so als hätte einer am Angelhaken gerissen, den er verschluckt hatte. Da säuselte der Fisch dann ganz leise und so halb schuldbewusst:

Zweiunddreißig.

A-HA! stieß unser Alter da vor. Ganz spitz und laut, so als hätte er einen erwischt, der ihm an die Brieftasche wollte. A-HA!

So machte er. Es fehlte nur der Zeigefinger, der auf den Fisch zeigte. Und alles erstarrte, fühlte was hochkommen. Und der Hintern von unsrem Alten rutschte kurz auf dem Stuhl, als säße er auf einem Kaktus. Und der Stuhl knackte, während er uns ansah. Erst uns, und dann den Fisch.

Uns grinste er an. Aber für den Fisch nur ein trauriges Gesicht über. Als hätte er es mit einem kleinen, verkrüppelten Hund zu tun.

Und wir alle und selbst der Fisch, der zusammenzuckte, wussten, dass da noch viel mehr drinsteckte, in der Fratze von unsrem Alten. Wussten, dass das ungefähr soviel hieß, wie:

Da seht ihn euch an, den Pinsel! Schämt sich nicht mal mit einer Sechzehnjährigen am Tisch ihrer Eltern zu sitzen. Wie erbärmlich. Ist über dreißig und fängst was mit einer an, die halb so alt ist wie er selbst.

Was soviel hieß wie:

Bist du denn so verblödet, dass du auf eine Sechzehnjährige reinfällst? Wenn du keine in deiner Altersklasse findest, dann bleib lieber allein. So, du Windei, und jetzt mach das du rauskommst.

Das hieß es ungefähr, das A-HA unsres Alten.

Und es kam auch so rüber. Beim Fisch.

Denn der:

Ich werde wohl mal gehen.

Und stand so blitzartig auf, als hätte ihm einer Feuer unterm Arsch gemacht. Zack! Hoch und ab.

Und meine Schwester dem Fisch hinterher.

Kam kurz drauf wieder zurück und zog ihr Tränendrama ab. Himmel.

Danke Papa, danke!

Auf ihr Zimmer, knallte die Tür und warf den Schlüssel rum. Da war's dann endgültig vorbei mit dem gemeinsamen Fressen.

Und dann unsre alte Dame mit ihrem:

War das jetzt nötig, Norbert.

Was war unsre alte Dame auch beleidigt, dass unser Alter das Fressen so rüde unterbrochen und alles über den Haufen geworfen hatte.

Aber unser Alter, ganz grimmig, bevor er selber wieder zu fressen anfing:

Nötig? Ich lach mich gleich tot.

Aber er lachte noch nicht, nur ich.

Die grimmige Fresse von unsrem Alten. Und wie er den Fisch in die Flucht geschlagen hatte. Meine Schwester, die flennte. Und Mutter, die deshalb motzte - das hatte schon was. Zum Schießen.

Und nach dem zweiten Bissen kapierte selbst unser Alter, sah mich dann an, grinste selber und meinte:

Hör schon auf.

Dann fraßen wir zu zweit weiter und grinsten uns an, während unsre alte Dame die Teller von meiner Schwester und ihrem Fisch abtrug. Und dabei schüttelte sie den Kopf, weil wir lachten:

Ihr zwei seid wirklich unmöglich.

Genauso war das damals zuhause mit meiner Schwester und ihren Fischen.

Ich kann's nicht sagen. Aber vielleicht erhoffte sie sich damals noch wirklich was Ernsthaftes von den Fischen. Hoffte, einer der Fische könnten ihr was beibringen. Nicht Sex, sondern tatsächlich Liebe.

Aber dafür war sie nicht gemacht.

Es gibt einfach Frauen, die können nicht lieben, so sehr sie es vielleicht wollen. Die sehen einem Mann beim Sex tief in die Augen, glauben sie fühlen Liebe. Aber empfinden nichts. Nur die eigene Geilheit.

Die Erziehung hat sie versaut. Und der Wind treibt sie von einem zum andern Fisch. Weiter, zum dickeren und größeren Fisch. Der meint, er könnte sie *retten*, während sie ihn ausnimmt. Das ist die Natur der Huren: *Sich* (eine Weile!) *retten lassen* und dabei *renommieren*. Das ist der Ehrgeiz der Huren: Immer zum größeren Fisch. Mehr! (Luxus!) Und weis die Hure, weis beizeiten, dass sie Hure ist und bleibt, wie mein Schwesterherz, kann sie fast alles erreichen. Mit nur etwas Grips und Geschick steigt sie beruflich auf.

Wie mein Schwesterherz im Rathaus. Vom Erdgeschoss jetzt direkt in den 18ten. Als neue Assistentin eines gewissen Hundgeburt.

Herr Mimo

☛ Mama mit ihrem Schnurrbart ist operiert. Mit Laser. Mama mit ihrem Schnurrbart hat keinen Schnurrbart mehr. Wie neu ist sie. Ohne Schnurrbart.

Mama hat ein neues Gesicht, sie strahlt.

Erst freute ich mich. Dachte, jetzt, ohne Schnurrbart, das schadet nicht mehr dem Geschäft. Da kann sie raus an die Theke, kann mir helfen.

Aber falsch gedacht.

Sie kann nicht helfen. Vorher wegen dem Schnurrbart. Jetzt wegen dem neuen Gesicht.

Jetzt ist sie dauernd fort, macht ‚Dating'. Nix mehr mit Quiz, nix mehr im Sessel sitzen.

Letzte Woche, da hat das angefangen.

Komm ich ins Bad, da steht sie. Hat ihr altes Kleid mit Blumen drauf angezogen. Ganz eng, wie eine Wurst siehst sie aus. Hat Stöckelschuhe angezogen, malt sich ihr neues Gesicht an.

Ich dachte, sie ist verrückt.

Was machst du? frag ich.

Und sie sagt, sie geht aus. Sagt, sie macht 'Dating'.
Ich bin platt.

Mit wem?' frag ich.

Sagt sie: Mit einem Mann?'

Und mir wird ganz komisch. Schlecht wird mir.

Ganz schlimm ist das.

Aber ich sage nichts.

Einmal, dachte ich, wenn sie einmal muss. Wenn sie einmal fort geht - ich weis von nichts, eine Mama ist auch ein Mensch. Die will ihr Gesicht auch zeigen. Das ist wie ein neues Auto. Du kaufst das Auto, machst es schön, du willst es zeigen.

Ich verstehe das. Meinetwegen. Ich lass sie gehen, ich leg mich ins Bett und kann nicht schlafen. Ich warte, bis sie wieder heimkommt. Nach ein Uhr nachts kommt sie erst.

Und ich denke, jetzt ist alles gut. Jetzt hat sie ihr neues Gesicht gezeigt, und alles ist gut.

Aber falsch gedacht.

Zwei Tage später wieder dasselbe. Wieder geht sie aus, macht 'Dating'. Jetzt krieg ich den Schlag, sie hat ein neues Kleid, das ist kürzer als das alte, ganz rot.

Diesmal kann ich nicht still sein. Frag :

Warum machst du das?'

Und sie sagt: Mir gefällt das.

Da werde ich traurig.

Sie geht und ich habe Bauchweh. Und frech ist sie.

Wo warst du? frag ich, und sie sagt:

Aus!

Nur 'Aus'.

Mama ist gemein mit dem neuen Gesicht. Sie macht auch keine Buchhaltung mehr, sie spart kein Geld mehr. Mama mit ihrem Schnurrbart war in Ordnung.

Aber jetzt nicht mehr. Jetzt hasse ich Mamas neues Gesicht ohne ihren Schnurrbart.

Ich versteh das nicht. Ich verstehe Mama nicht mehr. Und ich sag zur Specht: Jetzt ist sie dauernd fort, macht Dating. Was ist in sie gefahren? Ich koche für uns, ich wasche die Wäsche, ich räume auf, ich bin der Saubermacher im Haus, aber Mama ist nicht zu hause. Sie nimmt das Geld aus der Zuckerdose, sie kocht keine mehr Tomaten mehr, und meine Tomaten mag sie nicht mehr. Warum machst du das?
Das frag ich sie, frag ich die Specht.

Warum gehst du fort Mama, mit fremden Männern? Ich verstehe das nicht.
Ich krieg noch den Schlag.

Gianni, sagt sie, warte nicht auf mich. Ich esse heute nicht zu hause.

Jetzt bin ich allein, verstecke das Geld aus der Zuckerdose in der Mehldose. Ich habe Angst. Ich krieg noch den Schlag. Das rote Kleid. Und sie kommt immer später nach hause. Das Essen wird wieder kalt, und Mamas Schnurrbart ist für immer weg.

Mama ist verrückt, sag ich zur Specht.
Aber Specht hört nicht zu, hebt die Achseln.

Sie alle hören nicht zu. Mama nicht, Specht nicht.

Mama mit ihrem Schnurrbart war mir lieber. Da war sie gut, Mama mit alten Gesicht war besser, war zuhause. Mama ist nicht mehr mein Freund. Das ist nicht mehr Mama.

Tadäus

☞ Drinnen fiel irgendwas runter und zersprang.
Da nichts kam, stellte ich mich an die Tür, hörte auf zu
kauen und lauschte. Sonst war nichts weiter zu hören.
  Kurz darauf schluckte ich, rief:
  Herr Einsmayer?
Immer noch nichts, und der Zuckerguss an meinen Fin-
gern klebte. Ich leckte mir die Fingerkuppen, lauschte
weiter. Schließlich klopfte ich an die Tür:
  Herr Einsmayer? Alles in Ordnung?
Statt einer Antwort, rumpelte es nun heftig in einem der
Schränke. Etwas aus Blech schepperte. Es klang, als
würden die Zwischenböden rausfallen.
  Herr Einsmayer? Hallo?
  Als ich eintrat, fiel mein Blick zuerst auf die nassen
Scherben der zerbrochene Blumenvase. Dann auf den
leeren Schreibtisch. Zum Schluss auf die beide offenen
Schranktüren.
Er selbst, Herr Einsmayer, mein neuer Chef, war gerade
im Begriff zu verschwinden. Im Schrank.
Ich sah noch eben so seine Hand an der vorderen
Schranktür. Seine Hand und sein Standbein, mit dem er
sich abdrückte. Der übrige Teil von ihm steckte schon
im Schrank.
  Der arme Mann, so ein armer Mann, so verschüchtert
und ängstlich, sanftmütig und fast zittrig. Und beschei-
den. So bescheiden!
  Ich kenn ihn zwar erst seit gestern, doch mein erster
Eindruck von Leuten, mein Gespür für ihr Wesen trügt
mich selten.
  So ein lieber, braver, empfindsamer Mann.

Die Blumen, mein Willkommensgruß für ihn, machte ihn ganz verlegen. Und bei der Begrüßung fasste er meine Hand als wär's ein rohes Ei, stammelte.

Die andern Chefs waren immer aufgesetzt freundlich oder selbstsichere, grobschlächtige Alleswisser. Proleten mit anerzogenem Geschmack. Bildungsspießer.
Der hier ist so völlig anders, ein sensibler Eigenbrötler.
Und mager ist er, abgemagert wie ein Straßenhund.

Ich glaube, er hat einiges Durchmachen müssen, viel Hartes und Entbehrungsreiches.

Aber Herr Einsmayer, nicht doch, rief ich leise und trat zum Schrank.
Ich spürte wie er sich ängstigte. Seine Hand hing wie festgeklebt am Griff der Schranktür.
Um ihn nicht zu erschrecken, blieb ich vor der offenen Schranktür stehen. Ganz behutsam, fast kindergerecht redete ich auf ihn ein:

Fürchten Sie sich nicht. Kommen Sie raus. Na, kommen Sie.

Einen Moment verharrte er noch reglos, ehe er sich besann. Ganz vorsichtig tauchte unter der Schranktür der fehlende Fuß auf, tastete. Und noch immer sah ich nicht sein Gesicht, nur den Ansatz seines Rückens.

Er zierte sich ein bisschen. Und nur ganz langsam schloss er die vordere Schranktür. Wie um sich beim geringsten Alarmzeichen sofort wieder in den Schrank zu retten.
Als ich endlich sein Gesicht sah, lächelte ich.
Aber der demütige Ausdruck um seine Stirn hielt sich doch hartnäckig.

Entschuldigen Sie, aber ich dachte - , sagte ich.
Erst jetzt sah er mich kurz an, schloss geräuschlos den Schrank und ließ seine Schultern hängen.

Nein, entschuldigen Sie, meinte er. Benommen. Ich war... ich hatte etwas Angst, wegen - , trat er vor den Schreibtisch, sah kleinlaut auf die Scherben. Vorsichtig. Alles vorsichtig.

Ach, das scheußliche Ding, winkte ich ab, griff nach seinem Bürosessel.

Kommen Sie. Hier, ja. Jetzt setzten sie sich erst mal.

Ich...

Platz!

Er seufzte, setzte sich. Vorsichtig. Alles vorsichtig.

Ich bin Ihre Sekretärin, sagte ich. Sie brauchen sich doch nicht vor mir zu fürchten."

Sekretärin? fragte er fremdartig. Sah erstaunt aus.

Ja, Sekretärin.

Mühsam lächelte er.

Meine Worte machten ihm offenbar neuen Mut.

Danke. Aber es war wirklich keine Absicht von mir, die Vase... ich wollte nur diese Mappe da öffnen, und da - es ist mir so peinlich. Wenn sie mir sagen, wo ich - , wollte er aufstehen.

Nichts da, das mache ich. Sie bleiben sitzen. Und es muss Ihnen nicht peinlich sein.

Unruhig sah er mir zu, wie ich rausging, mit Schaufel und Eimer zurückkam und die Scherben zusammen-kratze. Wieder wollte er helfen, wieder hinderte ich ihn am Aufstehen.

Nicht vergessen, sie sind der Chef."

Chef?

Er zweifelte, stützte das Kinn in die Hand. Gedanken-verloren saß er auf dem Bürosessel hinter seinem neuen Schreibtisch.

Ja, Chef. Mein Vorgesetzter, trug ich den Eimer weg.

Ich weis gar nicht wie das so ist: Chef sein, meinte er.

Oh, das lernen Sie schnell. Wir werden Sie schon hinkriegen. Das ist alles nur Übung. Haben sie keine Angst. Ich sag ihnen schon, was und wie Sie's machen müssen. Zuerst mal essen sie eine Schneckennudel. Ich habe immer einige Schneckennudeln in der Küche. Überhaupt müssen sie tüchtig essen, das bringt sie ins Lot, vertreibt den Kummer und die Hirngespinste. Und außerdem koch ich uns ein Kännchen Kaffee. Sie müssen wissen, ich koche sehr guten Kaffee.

Bitte, ich würde Ihren Kaffee sehr gern probieren. Darf ich -

Halt, stoppte ich ihn wieder. Der Schlingel blieb einfach nicht hocken.

Doch diesmal lächelte er.

Es war schwer ihm die Hilfsbereitschaft auszutreiben. Ein hartes, langwieriges Stück Arbeit stand mir da bevor.

Sie sind der Chef hier, Sie sind Herr Einsmayer, Stadtkämmerer im Rathaus dieser Stadt. Und als Chef vergeben sie Aufträge an andere. SIE sagen andren, was sie tun müssen. Das ist die erste Regel. Außerdem bewegen sie sich selbst nicht mehr als nötig. Das ist die zweite Regel. SIE sitzen, andre laufen. Darüber hinaus sind Sie vor anderen, im Idealfall, großkotzig, selbstgefällig und beschränkt. Das dürfen sie nie vergessen, hob ich den Zeigefinger. Außer bei mir.

Großkotzig, selbstgefällig und beschränkt. Außer bei Ihnen. Ich verstehe. Und die dritte Regel? fragte er.

Für den Anfang genügen die ersten beiden. Als Chef sind sie es natürlich außerdem gewohnt, dass man Ihnen schmeichelt und sie bevorzugt behandelt. Hält ihnen zum Beispiel jemand die Tür nicht auf, wenn sie kommen oder steht ihnen im Weg...

Ja, was mach ich denn dann?

...dann geben sie spitze Kommentare. Schütteln sie den Kopf oder rümpfen sie die Nase. In jedem Fall müssen sie ihr brüskiert wirken. Sie müssen zeigen, dass Sie eine Art höheres Wesen sind. Sie sind die Nummer Eins. Immer. Alle andern höchstens blasse Zweite. Haben Sie begriffen?

Ich denke doch. Auch wenn ich kein Chef und Herr sein will. Ich glaube, ich war nie ehrgeizig, flüsterte er nun. Wissen Sie, etwas Einfaches sein, irgendein kleiner Trottel. Das wäre mir schon lieber.

Im Vertrauen, Herr Einsmayer. Manchmal gibt's da kaum Unterschiede, flüsterte ich zurück.

Blitzartig fasste er meine Hand, sah erst im Büro umher und dann zu mir.

Meinen Sie wirklich, Sie können mich hier durchbringen?

Herr Einsmayer...

Ich beschwor sein Selbstvertrauen. Kopf hoch!

Warten Sie erst mal, bis sie Kaffee getrunken und eine Schneckennudel gegessen haben. Und ab sofort essen wir morgens immer gemeinsam ein paar Schneckennudeln. Jeder mindestens zwei. Danach erkläre ich Ihnen den Tagesablauf. Einverstanden?

Einverstanden, ich werde alles tun, was Sie mir sagen.

Wir müssen unbedingt an ihrem Auftreten arbeiten. Das muss viel würdevoller werden. Als Chef müssen Sie nämlich schreiten, fast schweben. Im Moment laufen Sie nur durch die Gegend wie eine zerquetschte Pflaume. Aber keine Bange. Ich möble Sie schon auf. Verlassen sie sich drauf, sah ich ihn scharf an.

Und endlich wirkte nicht mehr völlig ängstlich.

Und endlich wirkte er nicht mehr völlig eingeschüchtert. Und seine Augen leuchteten. Dankbar, in seinem Händedruck, den ich entgegennahm.

Danke, Frau Tadäus. Danke für Ihr Verständnis.